白豚妃再来伝

後宮も二度目なら 一

中村颯希

富士見L文庫

目次

プロローグ
005

第一章
戻るつもりじゃなかった
023

第二章
残るつもりじゃなかった
064

第三章
庇《かば》うつもりじゃなかった
081

第四章
潰すつもりじゃなかった
147

書き下ろし番外編
二度目の天運
225

プロローグ

身を切るほど冷たい空気が、重苦しく朝を満たす。

大陸を統《す》べる天華国《てんかこく》の後宮、その地下に位置する牢《ろう》では、上等な、けれど今ではすっかり薄汚れた衣をまとった女が、鉄格子から忍び込む冷気にがたがたと身を震わせていた。

「嘘《うそ》だわ……これはすべて嘘。悪い夢よ……」

年の頃は、十五を過ぎたあたりか。

豊かな髪、珠《たま》のように白い肌は、なるほど後宮で中級位に相当する妃《きさき》――「嬪《ひん》」の階位を与えられるにふさわしい。

だが、いかんせん太りすぎている。

白くふくふくとした姿は、肉に埋もれたつぶらな瞳《ひとみ》とあいまって、まるで子豚のような印象を見る者に与えた。

名を、珠麗《じゅれい》。妃としての称号は、恵嬪《けいひん》。

真珠のように麗しい女子に、と親が願いを込めた名であったが、この後宮では「白豚《しろぶた》妃《ひ》」のほうが通りがよい。

愚鈍さを感じさせるほどの善良さと、肥えた肢体を併せ持った彼女は、ほかの妃たちから大いに馬鹿にされ、またそれゆえに、可愛がられてもいた。

紅で彩った笑みの下で、苛烈《かれつ》な争いを演じる一后・四妃・九嬪、そしてあまたの下級妃たち。悪意と敵意が飛び交う後宮の中で、どの派閥にも属さず、皇帝から笑みを向けられても嫉妬《しっと》されないのは、珠麗くらいのものだ。

博識で家族思い、天女のような美貌《びぼう》を誇る、祥貴人《しょうきじん》・楼蘭《ろうらん》でさえ、いずれかの派閥には憎まれているのだから。

だがそれもすべて、二日前までのこと。

今の珠麗には、重大な嫌疑が掛けられていた。

懐妊の兆しのあった祥貴人・楼蘭に毒を盛り、腹の子を流させたというものである。

「天は……天はけっして、誤りをそのままにはしないはずよ。私は毒を盛ったのではなく、楼蘭様を助けようとしたのだから……」

かじかんだ両手に息を吹きかけながら、珠麗は必死に己を宥《なだ》める。

二日前に楼蘭の宮を訪れたのは、楼蘭がつわりに苦しんでいるとの噂《うわさ》を聞き、その身を案じたからだった。

父である宝氏《ほう》は、容姿の冴《さ》えない珠麗のことを、「悪意渦巻く後宮で、女官や奴婢《ぬひ》に落とされても、この娘なら躊躇《ためら》いなく見捨てられる」との理由で後宮に押し込んでいたが、彼女が愛玩動物としてではあれ、一定の地位を得ていると知るや、ほかの妃たちに賄賂《わいろ》を贈れるよう、盛んに仕送りを寄越《よこ》していた。

妃嬪《ひひん》間の金品のやり取りは禁じられているため、仕送りは高級な食品になりがちだ。

残念ながらそのほとんどを、珠麗自身が食べてしまっているのだったが、そんなわけで、珠麗の宮には、つわりを楽にする柑橘《かんきつ》も、滋養によい人参《にんじん》も、豊富にあったのである。

珠麗は柑橘を搾った水に蜂蜜《はちみつ》と塩を加え、さらには人参で薬湯までこしらえて、楼蘭を見舞った。

楼蘭は、階位としては「嬪」より一段劣る「貴人」、つまり下級妃である。

しかし、その顔《かんばせ》は花のように美しく、心根は天女のごとく清らかと評判で、同性の珠麗でさえ、彼女から笑みを向けられるだけで、たちまち心が解《ほぐ》れてしまうのを感じるほどだ。

楼蘭もまた、「弟しかいなかったので、姉妹ができたようで嬉《うれ》しいです」と、珠麗を大層慕ってくれた。

残念ながら、そんな楼蘭は、皇后率いる最大派閥には警戒されており、しかも子を宿したともなれば、周囲からの援助は期待できない。心配になった珠麗は、せめて自分一人でも応援の気持ちを伝えたいと考え、こっそりと楼蘭の宮を訪れたのだった。

ところが、である。

滋養に優れた果実水や、人参の薬湯を口に含むや、楼蘭は激しく苦しみだした。真っ青になり、血を吐き、その場に崩れ落ちたのである。

珠麗はうろたえ、慌てて楼蘭を介抱した。

大声で助けを呼び、身を横たえ、なんとか毒を吐き出させようと水を飲ませる。

これだけ声を嗄《か》らして助力を求めているのに、誰も駆けつけてくれぬことが、信じられなかった。

ようやく急《せ》いた足音が聞こえ、ああ、これで助かると安堵《あんど》して振り返った、そのときだ。

「きゃああ！　誰か！　太監《たいかん》様！　お助けを！　白豚妃が、楼蘭様に毒を！」

女官に叫ばれ、珠麗は最初、ぽかんとした。

ついで、自分が楼蘭を押さえつけている状況に気付き、跳ねるようにして手を離した。

「ち、違うわ！」

だが、女官はすでに、はっきりとした敵意を浮かべ、こちらを睨《にら》み付けている。

楼蘭はぐったりとしてしまい、とても状況を説明できる様子ではなかった。

「違うわ、誤解よ！　私は、楼蘭様を見舞っただけよ！　それより、彼女を早く助けてあげて！」

「言い逃れるおつもりですか！　嬪の地位にあるお方が、まさかこんなことをなさるなんて……」

「違うったら！」

説明をしなくては。きちんと、説明を。

そう思うのに、危機に慣れていない頭は真っ白になり、まるで言葉が出てこない。

冷や汗をかいている内に、世話役の宦官《かんがん》である太監たち、さらには、後宮の外壁を守る武官までもが、騒ぎに気付いて続々と宮に踏み込んできてしまった。

「恵嬪・珠麗。そなたを、子流しの罪で捕縛する！」

そうして、珠麗はあっさりと、光の射《さ》さぬ牢へと放り込まれてしまったのである。

「悪い夢だわ……」

捕らえられた最初の日、珠麗はまだ、取り調べが行われ、真実が明らかになることを信じていた。

ところが、拷問がないのはよいとしても、質問のための武官一人さえ、やって来ない。

珠麗は衣をきつく腕に巻き付け、寒さに震えながら眠れぬ夜を過ごした。

翌日、耐えがたい空腹に悩まされながら、じっと牢で身を縮めるうちに、様々な疑念が彼女を襲った。

なぜ、誰も来ないのだろう。なぜ取り調べないのだろう。

自分が無実だからかと思っていたが、もしや逆なのではないか。

子流しの罪が「明白」だからこそ、あえて誰も取り調べをしないのではないか。

そうでなければ、父親がきっと釈放を訴えるか、せめて牢に差入れくらいするはずだ。

いや、あの薄情な父親には期待できなくとも、珠麗を慕ってくれている女官の夏蓮《かれん》が、この状況を放置するはずがない。

「誰か、助けて……」

洟《はな》を啜《すす》った珠麗の脳裏に、様々な人物がよぎっては消えてゆく。

忠義を尽くしてくれている夏蓮、交流のある妃嬪たち、厳格な皇后。

夫というよりは祖父のような皇帝、腰の低い太監たち。

あるいは、甘い顔立ちと優れた剣技で後宮中の女の憧憬《どうけい》を集める、有能と評判な郭《かく》武官ならば、手を差し伸べてくれるだろうか。

「珠麗様……！」

とそのとき、弱々しいながら美しい声が耳朶《じだ》を打ち、珠麗ははっと顔を上げた。

突然差し向けられた燭台《しょくだい》の火が眩《まぶ》しい。

だが、構う余裕もなく、鉄格子を摑《つか》んで身を乗り出した。

「楼蘭様！　なぜここに……体は大丈夫なの⁉」

女官も伴わず、面会にやって来たのは、なんと毒で倒れた楼蘭その人だったのである。

彼女は恐々とした足取りで牢の前に燭台を置くと、鉄格子越しに、そっと珠麗の手を握りしめた。

「激しい腹痛と高熱で起き上がれなかったために、こうして伺うのが遅くなってしまいました。申し訳ございません」

「激しい腹痛……。では、その、お腹の子は……」

ごくりと喉《のど》を鳴らしながら言葉を待つと、楼蘭はふいに目を潤ませ、無言で首を振った。

「そんな！」

思わず、叫ぶ。はらりと、真珠の涙をこぼす楼蘭を前に、珠麗もまたほたほたと涙を流し、必死になって相手の手を握りしめた。

「辛《つら》かったわね。本当に、辛かったでしょう。ああ、そんなあなたに今言うべきではないかもしれないけれど、どうか信じてちょうだい。私は、毒など盛っていないわ。私は、ただあなたを助けようとしただけなの」

「もちろん、わかっております。珠麗様は、そんな残酷なお方ではありません」

楼蘭は握られた手に、もう片方の手を重ねると、静かに頷《うなず》いた。

「だからこそ、こうして女官や太監の目を盗んで、この場に来たのですもの」

ゆっくりと諭すような、心の籠《こ》もった言葉に、珠麗は心臓を摑んでいた手がほっと緩むのを感じた。

ああ、助かるのだ。この暗い牢獄《ろうごく》に、天女が救いの光を授けに来てくれた。

「時間がないので、手短に申し上げます。珠麗様。あなたの斬首刑が決まりました」

だが次の瞬間には、絶望の底に叩《たた》き落とされた。

「……え?」

声が上ずる。心臓が激しく騒ぎ、鼓動がうるさい。

楼蘭は涙ぐみ、悲愴《ひそう》な表情で首を振った。

「すべては無力なわたくしが悪いのです。女官も太監も武官たちも、あの場を見て、すっかり珠麗様が下手人であると決め込んでしまいました。いったいなぜなのだか、物証まであると言い出すのです」

「…………」

「わたくしは意識を取り戻してすぐ否定したのですが、かえって犯人を庇《かば》うのか、脅されているのかと、火に油を注ぐ始末で……。皇帝陛下もお怒りになってしまい、もはやどうすることもできず」

「そん、な」

珠麗は呆然《ぼうぜん》と呟《つぶや》いた。

「ほ……ほかに、誰も、私の無実を証明してくれる人はいないというの? お父様……はないにしても、夏蓮とか、他の妃嬪様方とか」

「お父君は早々に、珠麗様を絶縁し、尋問にも積極的に協力すると述べた、と聞いております。なんらかの罰は免れないでしょうが、それでも命は失わずに済むでしょう。夏蓮は……一介の女官に、武官や太監を相手取れというのは、酷な話です。ほかの方々とて、ご自身を守るのに精いっぱいでしょう」

つらそうに告げられて、珠麗はぼんやり「そう……」と相槌《あいづち》を打った。

この状況下では、当然予想できた展開だ。

けれど、あまりにあっさり、周囲が自分を見放したことに、衝撃を隠せなかった。

(後宮というのは……そういう所なのだわ)

今さらながらに、思う。

ここまで気楽に過ごしてきていたから、まるで気付かなかったが、やはり後宮とは、敵意と悪意が渦巻く、恐ろしい場所なのだ。

現に、楼蘭がつわりで苦しんでも、自分が大声で助けを呼んでも、誰も救いの手を伸ばそうとしなかったではないか。

すっかり顔色を失った珠麗に、楼蘭はそっと言い含めるようにして続けた。

「わたくしが庇い立てしても、かえって陛下のお怒りを買い、刑は重くなるばかり。かくなるうえは、罪を否認せず、いかに刑を軽くできるかに望みを託すべきです」

「そ、う……」

「わたくしも微力ながら、減刑の申し出ならできるかと。死刑ではなく、追放をと訴えるのです。珠麗様にはお辛い日々を過ごしていただくかもしれませんが、命を落とすよりは、よほどましのはずです」

「…………」

そうね、と頷きかけて、珠麗は口をつぐんだ。

本当にそうなのだろうか。

目まぐるしく変化する状況に取り残され、まったく考えが定まらない。

黙り込んだ珠麗を見かねてか、楼蘭が握る手に力を込めた。

「珠麗様。どうか屈辱をこらえて、真実に口をつぐんでくださいませ。形だけでよいのです、武官たちの前で、罪を認めてくださいませ。すべてはあなた様が生き延びるためです」

「生き延びる……」

「ええ。刑の内容は、陛下の、そして執行する武官の心ひとつで、苛烈《かれつ》にも穏やかにもなると聞きます。ただの斬首で済めばよいほう。判決に異議を唱えたせいで、肉削《そ》ぎや、火あぶりまで加わっては、堪《たま》ったものではありませんでしょう？」

恐ろしい単語の数々に、珠麗は震えあがった。

「そんなの嫌だわ！」

「だからこそ」

楼蘭は、その美しい瞳《ひとみ》に涙をいっぱい溜《た》めて、繰り返した。

「罪を先に認めてしまうのです。大丈夫。わたくしが、この命に代えても、珠麗様を死なせなどいたしませんわ」

「楼蘭様……」

その滑らかな頰に、透き通った涙の粒が転がってゆくのを見て、珠麗は状況も忘れて楼蘭に見惚《みほ》れた。

本当に、彼女はなんと清らかな女性であるのだろうか。

「申し訳ございません、珠麗様。わたくしが誰かの妬《ねた》みを買ったせいで、あなた様まで巻き込んでしまった……」

「いいえ！　そんな、いいのよ、だって、あなたこそ、一番の被害者ではないの」

悲痛な声で詫《わ》びられて、反射的にそう返しただけだったが、一拍遅れて、珠麗は本当にそうだと思い直した。

この事件で一番つらいのは、子を失った楼蘭のはずだ。

だというのに、彼女は自分に手を差し伸べてくれた。

冤罪《えんざい》で罰されるなど理不尽だし恐ろしいが、命あるだけ儲《もう》けもの。

いや、考えてみれば、この愚鈍と評判の自分が、後宮で数年生き延びただけでも奇跡だ。

（大丈夫。生きてさえいれば、きっと道は開ける）

振り返ってみれば、幼少時に死んでしまった母も、しょっちゅうそう口にしていたではないか。

身分の低い奉公人であったところを父に見初められ、けれど後に冷遇され、と波乱に富んだ人生を歩んだ母。

けれど、だからこそ彼女は、「生きているうちは大丈夫」と大らかに笑っていた。

珠麗はなんとか硬い笑みを浮かべ、楼蘭に頷いてみせた。

「私は大丈夫だわ、楼蘭様。やってみれば、案外なんとかなるかもしれないもの」

「珠麗様……」

「それにほら、実は私、郭武官とちょっとした仲良しなの。彼は高位の武官だから、刑の執行にも関わるでしょう？　彼に頼み込めば、あるいは、もう少しだけ刑を軽くしてもらえるかもしれませんわ」

それを聞くと、楼蘭は大きく目を見開いた。

「……郭武官と？」

「ええ。すごく気さくな方なのよ。まあ、私の場合、嬪というより後宮の愛玩動物としてでしょうけれど、ときどき外のお土産を持ってきてくださったりして」

楼蘭はふと、その美しい唇を己の人差し指で撫《な》でると、「ならば」と切り出した。

「それでしたら、郭武官に、色でもって情けを乞うことをお勧めいたしますわ」

「なんですって？」

「ですから、色仕掛けです」

清廉な美貌《びぼう》を持つ楼蘭にそぐわぬ単語に、珠麗は目を丸くした。

「い、色仕掛け？　豚と言われるこの私が？　あの郭武官に？　想像もできないわ！」

「いいえ、珠麗様は、ご自身の魅力を過小評価しすぎです。殿方の中には、豊満な体を好まれる方は多いのですよ。誰にも気を許さぬと評判の郭武官が、珠麗様にだけお土産を渡すと言うのが、その証拠です」

「で、でも、いくら命乞いとはいえ、そんなはしたないこと……」

「少し身を寄せるだけでよいのです。じっと見つめ、胸元を意識しながら縋《すが》りつくだけ。恋情ではなく命をねだるのだと思えば、できなくはないはず」

きっぱりと断じられ、珠麗はたじろいだ。

が、それ以上の反論をする間もなく、楼蘭の肩越しに見える鉄扉が、ぎいっと開く。

松明《たいまつ》をかざした太監たちが、険しい顔で踏み入ってきた。

「見張りの者がいないと思えば……祥貴人、こんな場所でなにをしておいでで？」

「わたくしはただ、珠麗様に、罪を詫びるよう諭していただけで……」

「豚に罪のなんたるかがわかるものでしょうか。牢《ろう》の気はお体に障ります。お戻りを」

太監たちは、楼蘭に痛ましげな視線を向け、一転、珠麗には鋭い睨《にら》みを寄越《よこ》した。

「刻限だ。出ろ」

「きゃっ」

乱暴に牢から押し出され、尻《しり》もちをつく。

その拍子に、たった一つ残されていた簪《かんざし》が地に落ち、珠麗はそれを慌てて拾い上げた。

「楼蘭様、お願い！」

太監たちに両脇を取られ、引きずられるが、もがいてなんとか簪を楼蘭に押し付ける。

驚きに目を見張る彼女に、珠麗は力の限り叫んだ。

「これを、夏蓮に！　私が唯一残せるものなの。あの子には、郷里に残してきた病気の妹がいるのよ。俸禄《ほうろく》がなければ、死んでしまう。年季明けに渡そうと貯《た》めていた金子も、室の棚の最上段、その天板の裏に、手紙と一緒に隠してあるわ。どうかそれを渡して。髪を切ってまで、私に忠誠を誓ってくれた、たった一人の女官なのよ！」

夏蓮は、この天華国の西域に位置していた、遊牧民族の国の出であった。

彼女の一族は、婚姻か死のときにしか髪を切ってはいけないというのに、珠麗を生涯の主《あるじ》と仰ぎ、その髪を捧《ささ》げてくれたのだ。

たとえ夏蓮が珠麗を見放したのだとしても、それは仕方のないことだし、それを理由に自分が彼女を裏切ってはならないと思った。

「お願い、どうか——」

「お任せください」

うるさい、と太監に腹を小突かれ、一瞬息を詰まらせてしまったところに、楼蘭が力強く請け負う。

「夏蓮は、わたくしが面倒を見ますわ」

その凛《りん》とした宣言に、珠麗は目を潤ませた。

楼蘭とて、つらい境遇であるというのに。

「ありがとう。ありがとう、楼蘭様」

きっと、希望はある。

太監や武官とて人の子だ。よしみのある郭武官なら、きっと手助けしてくれるだろう。

そう、色仕掛けでもなんでもして、少しでも刑を軽くするのだ。

珠麗は胸にそっと希望の火を灯《とも》し、牢を後にした。

「……珠麗様を、死なせなどしませんわ」

太監たちが去り、燭台《しょくだい》のか細い火のみが残されたそこで、楼蘭がぽつりと呟く。

彼女は、己の頰に残った涙に気付くと、それを指先で拭《ぬぐ》い、ふと笑みを浮かべた。

「やすやすと、死なせなどしませんとも」

細められた瞳には、隠しようのない侮蔑《ぶべつ》が滲《にじ》む。

楼蘭は、押し付けられた翡翠《ひすい》の簪を摘まみ掲げると、呆《あき》れたように嘆息した。

「本当に、なんと見事に、騙《だま》されてくれましたこと」

呟《つぶや》き、ぽいと投げ捨てる。

透き通った翡翠の飾りは、床に溜まった泥に、ずぶりと沈んだ。

汚らわしい光景を、改めてうんざりしたように見回してから、彼女は珠麗が連れていかれた扉を見つめた。

ようやく、武官による取り調べが始まった頃だろうか。

「まったく……あれだけ『証拠』を揃えて差し上げたのに、動きが遅いったらありません」

この二晩のことを思い出し、彼女は再度溜息《ためいき》を落とした。

自ら吐血してみせるだけでなく、珠麗の宮に毒を調合した痕跡《こんせき》を残させ、女官を買収して、「珠麗は祥貴人を妬んでいた」と証言までさせたのだ。

なのに、筆頭女官である夏蓮が強情にも反論し、切れ者と評判の郭武官もまた、拙速な尋問を拒んだものだから、こんなにも時間が掛かってしまった。

だが珠麗が罪を自白すれば、それもようやく終わりだ。

息のかかった太監たち、そして彼らの長である太監長・袁氏《えんし》にはすでに、珠麗を死罪ではなく、花街への追放に処したいと伝えてある。

女にとって堪えがたい苦しみは、女にとって堪えがたい苦しみで贖《あがな》われるべきという趣旨だ。

郭武官の執り成しがなければ、まずその通りになるだろう。

一方で自分が得るのは、天子の子をたしかに一度は懐妊したという「事実」。そして、それを失ったことへの同情だ。

同情は、女たちを優しくし、身分の低い楼蘭を最も穏やかな方法で引き上げてくれる。貴人から、せめて嬪《ひん》の地位には、これでなれるだろうか。

と、重い扉の向こうで、女の鋭い悲鳴が聞こえてきた。

よく通るあの声は、間違いなく珠麗だ。

「罪人の焼き印を押されている頃かしら。きっと言いつけ通り、郭武官に色で迫ったのね。お利口さんですこと」

大気を震わす悲痛な声にひとしきり聞き入ってから、楼蘭はひっそりと笑った。

あのまま何もしなければ、郭武官は珠麗を庇《かば》っただろうに。

愚かで信じやすい白豚妃は、まんまと彼の前で罪を認め、擦り寄ってみせたのだろう。

かの人は、媚《こ》びる女をなにより嫌うとも知らないで。

「焼き印の場所は、額だったかしら。きっと花街でも、ろくな扱いはされないでしょうね」

目を閉じて、珠麗の今後を思う。

身を持ち崩し、良家の子女から妓女《ぎじょ》へと転じる話は稀《まれ》に聞くが、罪人となれば、その境遇はいっそう過酷を極めるだろう。

結局のところ、入内《じゅだい》したにもかかわらず一度も伽《とぎ》を経ていない珠麗が、残酷な方法でその身を汚されたなら、彼女はいったいどんな顔をするのだろうか。

——少なくとも、「ありがとう」などと口にすることは、まずあるまい。

扉の向こうからは、すすり泣きと混ざった、まるで動物の鳴き声のような悲鳴がまだ聞こえてくる。

「……汚らわしいこと」

楼蘭はひっそりと口の端を持ち上げ、踵《きびす》を返した。

第一章　戻るつもりじゃなかった

四年前までの自分を思うとき、珠麗《じゅれい》は、あの頃の自分の頭には、雲か霞《かすみ》か、そうでなければ蜂蜜《はちみつ》でも詰まっていたのではないかと心底思う。

人は生まれながらにみな善良で、優しさは優しさで報われ、天は正しく、弱き者を助ける——そんな、ふわふわとした、甘ったれた妄想を信じていた。まったくどうかしていた。

だがまず、太監《たいかん》たちの手で衣を剝《む》かれ、焼きごてを向けられたときに、そんな馬鹿げた空想はじゅっと音を立てて蒸発した。

きっと手を差し伸べてくれると信じていたのに、珠麗がしおらしく罪を認め、不慣れに命乞いをした途端、顔を逸《そ》らした郭《かく》武官。

額に押されるはずだった焼き印を、顔よりは目立ちにくい胸元に変えてくれたのは感謝すべきかもしれないが、そのときに言い放たれた、

「額に焼き印なんて、これ以上無様な顔にしてどうするんだい。祭祀《さいし》の際、豚《ぶた》の焼き印は前肢の付け根に押すもの。ならこの白豚も、それに倣うべきじゃないかな」

という侮辱は、一生忘れられるものではない。

最近になってさえ、こんがり焼かれる豚の夢を見てうなされるほどだ。

彼はさっさと背を向けてしまって、どんな表情を浮かべているのかわからなかったが、きっと冷笑していたに違いないと思うと、いまだに腹が立つ。

だがまあそれも、その後始まった花街での暮らしに比べれば、序の口でしかなかったのかもしれない。

焼き印が原因の高熱にぐったりしながら、実家にも当然見放され、身ひとつでたどり着いたのは、都にもその名を轟《とどろ》かせる妓楼《ぎろう》・朱櫻楼《しゅおうろう》。

楼主はかつて後宮の宦官《かんがん》を務めていたとかで、その縁もあって身柄の引き受けが決まったわけである。

宦官にありがちな、高い声で話す、ふくふくと肥えた好々爺《こうこうや》を想像していた珠麗だったが、実際に彼女を出迎えたのは、彼自身が妓女であろうかと疑いたくなるような、派手な「美女」だった。

「ふん、みっともない豚ねェ。こんなん、客の前に出せるはずもないわ」

煙管《キセル》をかんと鳴らし、顔をしかめた彼女が告げるやいなや、珠麗は物置小屋へと押し込められ、肥桶《こえおけ》洗いの仕事を命じられた。

肥桶。つまり、排泄《はいせつ》物の処理である。

おそらく、普通の良家の女であったなら、いや、珠麗もまた、焼き印がない状態でこの境遇に晒《さら》されたなら、ここで絶望して命を絶っていただろう。

だが彼女は、あの恐ろしい痛みをすでに経験してしまった。

死ぬというのは、怪我よりも重篤なのだろうから、痛みもまたさらに凄《すさ》まじいのかもしれない。

そう思うと死ぬのが恐ろしかったたし、せっかくここまで耐えたのに、排泄物に負けて死ぬのかと思うと、少々馬鹿らしくもあった。

せめてもう少し、高尚な敵に打ちのめされたい。

意外な根性を見せた珠麗は、元々凝り性だった気質も手伝い、肥桶洗いの仕事を完璧《かんぺき》にこなした。

自分の働きがなにか世の中に貢献していると信じたくて、肥を生かした肥料づくりの方法も研究したし、なんなら肥桶の様子から、妓女たちの体調まで把握し、やがて管理までするようになった。

冷酷と評判だった姐《ねえ》さんの便秘の原因を探し当て、信頼を勝ち取ったあの冬。

妓楼の鼻つまみ者だった迷惑客を肥桶に突っ込み、喝采《かっさい》を浴びたあの春。

一斉に起きた下痢の原因を突き止め、伝染病発生源のそしりを免れたあの夏。

気付けば、一年もせぬうちに、珠麗は朱櫻楼でそれなりの地位を占めるようになっていた。

ただし、伝説の肥桶番として。

幸いなことに、楼主の目には、働き者の珠麗は好ましく映ったらしい。引き取られた当初よりも態度はかなり軟化し、やがて、「あんたも女なんだから、ちっとはその悪臭をどうにかなさいよ」と香り袋をくれたり、気まぐれに芸事を授けてくれたりするようになった。

習ったのは、主に書と舞、歌、そして化粧だ。

鏡は高級品で、下働きが覗《のぞ》くのは妓女に対する重大な不敬とみなされていたため、自身が鏡を見る機会はなかったものの、おかげで、人の顔を美しく飾り立てる技術はずいぶん磨かれた。

もともと、絵画や刺繡《ししゅう》など、手先の器用さが求められる作業は好きだったので、それがよかったのかもしれない。

だが、なんといっても一番大きな収穫は、女社会の厳しさ、そして情の深さを学んだことだろう。

朱櫻楼では、上級妓女がそれぞれ派閥を作り、下働きまで含めて丸ごと生活の面倒を見ていた。

姐さんの言は絶対。

逆らうなどもってのほか、その名声を傷つける真似は、たとえ親の命を盾に取られようが——これは妓楼流の諧謔《ジョーク》だ。大抵は捨て子なのだから——してはならない。

誇りのためなら命さえ投げ出す女たちの頑《かたく》なさと潔さを、珠麗はそこで目の当たりにした。

そうして徐々に、理解したのだ。

後宮で聞き流していた会話に、どれだけ深い意味や、敵意が込められていたかを。

そして、自分がどれだけそれらに無頓着《むとんちゃく》で、また、無神経でいたかということを。

もしかして自分は、想像していた以上に、誰かを苛立《いらだ》たせていたかもしれない。

善意に見えた行動には裏の意図があって、偶然は必然で、自分は、騙されていたのかもしれない。

そう、感じはじめた。

だが、良くも悪くも、妓楼での生活は困難の連続で、一日一日を生き延びるのが精いっぱいだった。

滲《にじ》みはじめた疑念も怒りも、日常の慌ただしさに押し流されて、珠麗はいつしかこう割り切った。もういい、過去のことだ、と。

二年もする頃には、珠麗は朱櫻楼での生活にやりがいと、快適さまで感じるようになっていた。

楼主には、焼き印つきの女など店に出せないと相変わらず断じられ、妓女として身を立てる機会は一生ないと見えたが、代わりに下働きの内容は、会計にまで及ぼうとしている。紆余曲折《うよきょくせつ》あったが、こんな人生もありなのではと、そう思いはじめていたのだ。

朱櫻楼が、客の起こした失火で焼け落ちたのは、その直後のことだった。

「悪いけど、あたしはまず、なんとしても、この妓《こ》たちの面倒を見なきゃなんないの。憎んでくれていいわ」

それが、楼主と別れを交わしたときの言葉だった。

憎みはしなかった。

ただ、火鉢に煙管を打ち付ける、あのいつもの仕草が、その日に限ってなかったことだけ、なぜかいつまでも覚えていた。

楼主の伝手《つて》を辿《たど》り、徒歩で半月もかけて行きついたのは、都から大きく外れた北の邑《むら》であった。

いや、貧民窟《くつ》と称したほうが正確だろうか。

大地は痩《や》せ、寒さは厳しく、民の多くは銭を求めて危険な仕事に手を染め、子どもたちは身を寄せ合って、暴力と搾取から少しでも逃れようとしていた。

なぜそんな場所を紹介されたかと言えば、その土地は、優れた傭兵《ようへい》を輩出することで知られており、朱櫻楼の用心棒もまた、そこの出身が多かったからだ。

それでいくらか信頼できるというのと、罪人の印を持つ珠麗にはほかの選択肢がなかったために、選ばれた。

楼主は世話役も目星をつけてくれていて、それが、賊徒集団《チンピラ》の頭領として、一帯の少年たちを束ねる青年――礼央《りおう》だった。

ただし彼は、顔こそ男らしく整っているのに、面倒見の悪さときたら、これまで出会った人間の中で最低と言えた。

着るもの、放置。食べるもの、放置。住む場所、放置。

なにを尋ねても、「知らん」の一言で返され、珠麗はやがて理解する。

ここではすべて、一人でやっていかなくてはならないのだと。

最初は後宮、次は花街と、それまで籠《かご》の中の生活しか知らなかった珠麗だったが、幸いにも彼女は、劣悪な環境と向き合う根性を磨きあげていた。

見よう見まねで、衣を得るべく動物の皮を剝《は》ごうとして、あたり一帯を血の惨劇に染め上げたり、得体のしれない食材をとりあえず煮てみて鍋《なべ》を爆発させたり、木材を得ようと斧《おの》を振るって、うっかり敵の賊徒頭を撲殺しかけたりしたが、なぜだかそうこうしているうちに、礼央が労《いたわ》りの言葉をかけてくれるようになったのだ。

「もういいから……頼むからおまえは、なにもしないでくれ」

黒曜石のごとき瞳《ひとみ》と、通った鼻筋。

鋭利な雰囲気のある美男なのに、彼はときどき、まるで頭痛を堪《こら》えるかのように、こめかみを押さえる癖があった。苦労性なのかもしれない。

そして彼は、一度懐に入れた相手に対しては大層面倒見がよくなる性格らしく、当初の放置ぶりはどこへ、というほどに、甲斐甲斐《かいがい》しく珠麗の世話をしてくれるようになった。

寒さに震えていれば、全身を覆う外衣をどこからか入手してきてくれた。

一応は女である珠麗のことを案じて、貧民窟全域に「この女には手出し無用」との触れも出してくれた。

もっともそのおかげで、珠麗は行く先々で、筋骨隆々たる男たちに「お勤めご苦労さんでエす！」とドスの利いた挨拶《あいさつ》を寄越《よこ》され、困惑したものであったが。

ちなみに、外を歩く際には、寒さが厳しいのと、「そんなツラ、安易に晒してんじゃねえよ」と礼央に始終顔を顰《しか》められていたのとで、異教徒のように黒布を巻き付け、目しか露《あら》わにしていなかった。

まったく、顔のいい男というのは、心を抉《えぐ》る発言しかしない。

ただ、一度強風のせいで布が外れてしまったとき、ずっと珠麗に対して険悪だった礼央の弟分が突然優しくなったので、もしかしたら自分の顔は困難な月日を経たせいで、老女のように哀れを誘う風体になっているのかもしれないとは思っていた。

結局四年もの間、珠麗は一度も鏡を目にしていなかった。

花街にせよ、貧民窟にせよ、よそ者には辛辣《しんらつ》で過酷な環境だが、慣れてしまえば存外過ごしやすいものだ。

しどけなく肌を晒す妓女《ぎじょ》を、あるいは乱闘で泡を吹いて倒れる男たちを見るたびに、かつての珠麗はぎょっとしたものだったが、いつしかそれにも慣れた。

悪臭を受け流し、血臭にも馴染《なじ》み、後宮時代には考えられなかった後ろ暗い稼業にも、そこそこ手を染めている今日この頃である。

なにせ、いくら礼央と懇意とはいえ、貧民窟で過ごすには必ず、賊徒集団の頭領に守料を納めなくてはならない。

むしろ彼は身内にこそ厳しく、珠麗は他の賊徒の数倍の守料を支払っている確信があった。

理不尽さに腹が立つが、これが払えなくなると、貧民窟で勝ち取った、自分だけのささやかな部屋が取り上げられてしまうので、歯を食いしばり我慢する。

それでも、いつの間にか気のおけない仲間にも恵まれ、仕事は反社会的とはいえやりがいがあり、珠麗はそれなりに幸せだったのだ。

ちょうど礼央の誕生日が近いと聞いたので、たまにはなにか贈ってみるか、そしてあわよくば守料の減額をねだろうなどと、こっそり、邑の外れにある市に向かうほどには。

だが、彼女はすっかり忘れていた。

後宮でも、花街でも。

目まぐるしく変わる環境に順応し、ようやく肩の力を抜いたその時にこそ――暗転は訪れるのだということを。

「嬢ちゃん、きれいな目をしてるじゃねえか。ちょいと覗きにおいでよ、こっちに、一等きれいな鏡があるよ」

市には、珍しく邑外《ゆうがい》の物売りが敷物を広げていた。

いつもはほぼ見知った顔、見知った商品ばかりだったので、都の香りがする品揃えに心惹《ひ》かれた。

だいたい礼央は、盗品の売買にまで手を染めているからなのか、貧民窟の一青年というには、やけに審美眼があるのだ。

生半可な贈り物ではかえって不興を買う恐れもあるぞと思い至り、珠麗は物売りを振り返った。

男が鏡を好むとも思えないが、簪《かんざし》や耳飾りよりは、実用性があるかもしれない。

だが見る限り、物売りが指し示す中には、宝飾品の類《たぐい》はあれど、鏡はなかった。

「鏡はどこなの？」

「こっちさ」

男は愛想よく笑って、大甕《おおがめ》に被《かぶ》せてあった布を取り払う。

すると飲み水らしい、そこそこきれいな水面《みなも》が、ぼんやりと珠麗の姿を映し出したので、彼女は呆《あき》れのため息を漏らした。

「なによ、水鏡ってこと？　悪いけど、そんなとんちを求めてるわけじゃ――」

がぼっ。

だが、言葉を紡ぎきるよりも早く、頭を摑《つか》まれ、甕の中へと押し込まれる。

珠麗は驚き、激しく暴れたが、その拍子に水を飲んでしまい、息苦しさに胸を詰まらせた。

溺死《できし》させるつもりはないのか、男は珠麗をそこで引き上げ、咽《む》せてなにもできないでいるところを素早く縛り上げる。

咳込《せきこ》みすぎてぐったりした彼女を担ぎ上げると、市からほど近い、廃墟《はいきょ》となったあばら家へと押し込んだ。

そこには、同様にして攫《さら》われたのだろう、複数の少女たちが転がっていた。

「よし、これで俺の人数は達成だな」

ぱんぱん、と手を払いながら、男は満足げに頷《うなず》く。

隙を見て脱走しようと息を殺していた珠麗に気付いたのか、強く腹を蹴《け》り上げてきた。

「ぐっ」

「あんまり暴れないほうが身のためだぜ。嬢ちゃんも苦しいし、俺たちとしても、商品に疵《きず》をつけたくはねえ」

蹴られたところが悪かったのか、全身に脂汗が滲《にじ》み、猫なで声で告げる男の顔がぼやけはじめる。

「あんた……どこの、シマの……」

「ああ？　シマ？　はは、違う違う、べつに俺たちは、こんな辺鄙《へんぴ》な場所で陣地争いなんてしねえよ。嬢ちゃんたちはこれから、王都の後宮に売られていくんだ。皇帝陛下の代替わりに伴って、女官を大量に補充しなくちゃならねえからな」

後宮。女官。

――女官狩り。

ここ数年耳にしていなかった言葉を聞き、全身から血の気が引くのを感じる。

（冗談じゃ、ない……）

追放とは即《すなわ》ち、「二度とこの地を踏まぬ代わりに、命は見逃す」ということだ。万が一後宮で姿が見つかれば、いよいよ斬首は免れない。

（絶対いや！）

しかし無情にも、力の抜けた体は、意思とは裏腹に床に倒れてしまった。

「そう嘆くなよ。今年は数十年ぶりの『揺籃《ようらん》の儀』。運がよけりゃ、上級女官、いや、下級妃にだってなれるかもしれねえんだ。ま、寒村の娘じゃ、大抵は奴婢《ぬひ》止まりだろうがよ」

下卑た笑い声を遠くに聞きながら、珠麗は意識を失った。

＊＊＊

壮麗な建築物、計算し尽くされた庭木、優美かつ堅固な、延々と続く壁。

贅《ぜい》を尽くした、天子のための花園――後宮。

その一画、巨大な扁額《へんがく》が掲げられた広間に入れられた珠麗は、重い溜息《ためいき》を落とした。

戻って来てしまった。

広間には数十人の少女たちがひしめいている。

用意された椅子に腰掛けているのは、上等な衣服に身を包んだ、それなりの身分と見える少女たち。こちらは、貴族や商家の娘たちで、下級妃か、上級の女官候補者だろう。

立ってはいるものの、簪や耳飾りなどでその身を装っているのは、中級女官候補。

そして、珠麗と同じく、お仕着せの簡素な衣をまとい、田舎臭さ丸出しでそわそわと佇《たたず》んでいるのは、下級女官候補だ。

（「揺籃の儀」、ね。まさか、そんな年にあたってしまうなんて）

馬車に押し込められ、ここまで連れてこられた道中、人攫いの男たちから聞き出した情報を整理すると、こういう内容だった。

ここ天華国《てんかこく》では、皇帝が代替わりする際、後宮の女たちはそのまま、次代の皇帝へと「下げ渡される」。

さすがに、皇后、および前帝との間に子を生《な》した妃嬪《ひひん》は、皇太后、太《たい》妃嬪として特別に宮を与えられるが、それ以外の女たちは、それまで「義理の息子」であった次代皇帝の寵《ちょう》を争うことになるのである。

それはひとえに、百年ほど前の好色な皇帝が、父帝の妃《きさき》を妻にしたいと望んだためだ。

学者の中には、人の道に反すると顔を顰める者もあったが、天子たる皇帝がそれを望んだ以上、逆らえるものではなかった。

女たちもまた、尼寺に行かずに済んで胸を撫《な》でおろしたし、彼女たちの実家もまた、苦労して後宮に押し込んだ娘たちの「活用期間」が長くなるぶんには不満はなかったので、妃嬪たちの残留はいつしか文化となって継承されている。

だが、前世代の女たちが幅を利かせたのでは、後宮は肥大し、古びるばかり。

そこで代替わりの際には、上級妃から下級女官まで、あらゆる女の配置を見直すための選抜——すなわち「揺籃の儀」が行われるようになった。

三日以上にわたるこの選抜で目立った功績を残せば、下級女官でも上級妃となれるし、逆にあまりに冴《さ》えない様子の女性については、上級妃でも女官にまで落とされる。

天地がひっくり返るほどに大いに秩序が揺さぶられ、それをもって新たな後宮が生み出されるがゆえに、「揺籃《ゆりかご》」の名がついたわけである。

さてそんなわけで、珠麗は不運にも今年、新たに補充される下級女官候補として、この場に送り込まれた。

例年なら下級女官《ぬひ》の選抜などあって無きに等しいため、王都内で適当に攫ってきた捨て子などを当てるのだが、揺籃の儀が行われる年に限っては、下級女官候補にさえ、厳正な選抜が行われる。妃嬪になる可能性があるからだ。

人攫いたちも、多少は見栄えがする女のほうがいいと考え、わざわざ北方の寒村まで足を延ばしたのだろう。貧民窟《くつ》の位置する玄岸州《げんがんしゅう》は、年中気候が厳しいためか、色白で大人しい女が多いと評判だ。

（とにかく、目立たず、大人しくして、こっそり逃げ出さなきゃ）

緊張した面持ちで佇む少女に擬態しながら、珠麗は密《ひそ》かに拳《こぶし》を握る。

結局道中は監視が厳しく、逃げ出せなかった。

となれば、残る機会は、この選抜である。

厳正な選抜が行われる、つまり、じっくり顔を見られるというのは恐怖でしかないが、逆に言えば、ここで落選さえしてしまえば、後は自由の身と言うことだ。

ほかの少女たちは、選抜で落ちてしまえば、地縁もない都に放り出されると聞き、なんとか勝ち残ろうと考え始めている。

だが、珠麗はその逆だ。

落選して城外に追い出してもらえれば、後は自力で玄岸州まで帰ってみせる。すっかり守料の支払いも延滞しているから、道中で小遣い稼ぎしてもいいかもしれない。そのためにはとにかく、選抜で冴えない女ぶりを徹底するのだ。

(正直、今の私の顔がどんなことになっているか、わからないけど)

深く俯《うつむ》き、珠麗は考え込む。寒さ厳しい時節ゆえ、幸運にも顔に巻き付ける黒布は奪われることなく、首布として携帯を許されている。

ひとまず顔を泥で汚し、その上で鼻くらいまで首布に埋まるよう俯いているが、いつ「白豚妃《しろぶたひ》」の面影を見出《みいだ》されてしまうかと思うと、気が気ではない。

見れば、広間の上段、審査を行う太監長が座るのだろう椅子の横には、かつて珠麗を豚と言い放った郭武官が控えていた。

(くっ、あんた、まだ後宮にいたのね……!)

帯の色を見るに、後宮に居残っていたどころか、数段昇進さえしているようである。

髻《もとどり》を結った髪は豊かで、鼻筋はすっと通り、相変わらず甘やかながらも男らしい、美しい顔をしている。

いつも薄い笑みを浮かべているように見える顔からは、呼気と同時に色香が放たれるようでもあったが、もはやそれに見惚《みほ》れる珠麗ではない。

それどころか、最低最悪の巡り合わせに、思わず呻《うめ》きそうになった。

「あのう、大丈夫ですか？　先ほどから、お加減が悪そうですが……」

と、小刻みに震えている珠麗を見かねたか、横からそっと話しかけてくる者がある。

振り返ってみれば、声の持ち主は、珠麗より二つ三つ年下と見える、小柄な少女だった。

身なりから察するに、椅子には一歩及ばない、中級女官候補といったところだろう。

（地味な顔に見えるけど……ううん、こいつは相当な上玉ね。磨けば上級妓女《ぎじょ》になれるわ）

珠麗は花街で培った審美眼で、咄嗟《とっさ》に判じてしまってから、そんな自分を戒めた。

こんなことをしている場合ではない。

珠麗の懊悩《おうのう》をよそに、少女は、垂れ目が目立つ優しげな顔を、心配そうに曇らせていた。

「わたくしは、蓉蓉《ようよう》と申します。あのう、太監長様がいらっしゃるまでは、まだもう少し時間がありますか。失礼なようですが、更衣室へ戻り、もう少し身なりを整えてきてはいかがですか？　せっかく後宮へ召し上げられる機会ですのに、これでは心証を悪くしてしまいますわ」

どうやら、珠麗の貧相な出《い》で立ちを案じてくれたらしい。

蓉蓉は、形のよい眉《まゆ》を寄せて、小さな声で嘆きを口にした。

「もしや、ほかの候補の方から、いじめでも？　下級女官候補の間ですら、足の引っ張り合いがあるなんて……」

さらに言えば、彼女は正義感の強い人物であるらしい。ほかの寒村組から離れて、一人だけ貧相な様子で俯いている様子から、田舎娘がいじめられていると解釈したようだ。

変に注目されてはかなわないと、珠麗は慌てて声を上げた。

「いいえ、そんなことは。ただ、その」

下級女官候補者すら、他者を蹴落《けお》として後宮に残ろうとするのが「普通」だというのに、あえて顔を泥で汚す真っ当な理由とは、なんだろうか。

「その、しゅ、宗教上の理由で？　婚姻前の女子は、みだりに顔を晒《さら》してはならないと、死んだ祖母から言い遺《のこ》されたのです」

言い訳がすでに、教義と遺言でふらついている。

「まあ。厳格ですのね。けれど、後宮に踏み入った以上は、異教は改めねばなりませんのよ。これを機に、身ぎれいにしてはいかがです？　特に今日は、容色と教養の一次審査。教養は一朝一夕で身につかないにしても、身ぎれいであれば、賜る階位も上がるかもしれないのですから。さあ、その汚れた首布も取って、きちんと顔を上げて」

優しく微笑《ほほえ》んで、そっと黒布を取り去ろうとする蓉蓉を、珠麗は焦って制止した。

「い、いいえ！　あの、私、階位とかそういうのに、まったく！　興味がないので！」

心から告げると、蓉蓉は意外そうに目を瞬《しばた》かせた。

「まあ、女性としての栄華に憧《あこが》れがないのですか？　この場にいる誰もが、華美な後宮の景色や、麗しい武官に釘付《くぎづ》けになっていますのに」

ほら、と指し示された先を辿《たど》り、珠麗はたしかにと思った。

広間に集められた少女たちは、豪華絢爛《ごうかけんらん》な調度品や、壮大さを誇る建築様式に、圧倒されながら見入っている。

椅子に掛ける少女たちは、さすがに寒村組よりは贅沢《ぜいたく》品に耐性があるようだが、代わりに、上座に佇む色男のことをうっとりと見つめていた。

男子禁制の後宮とはいえ、侍医や精鋭の武官など、ごく少数だが男はいる。

彼らと結ばれるのは、妃嬪でもない少女たちに許された最上の栄華。

そこに憧れはないのかと、蓉蓉は問うているわけだ。

「憧れませんね。これっぽっちも」

だが珠麗は、きっぱりと断じる。

「華美だからなんだと言うんです？　ここは、ただの檻《おり》ですよ」

「まあ。けれど美しい檻ですわ。金銀に溢《あふ》れ、目に快い女性や殿方が行き交いましてよ」

「もしや蓉蓉様、あちらにおわす武官様のような方がお好みですか？」

うっかり声に侮蔑《ぶべつ》が滲《にじ》みそうになったので、珠麗は内心で数を数え、郭武官に対し、努めて冷静かつ客観的な見解を述べようとした。

「死んだ祖母が言っていましたが、ああした殿方は絶対、腹に一物抱えていますよ。顔は麗しくても、裏では女相手に『雌豚《めすぶた》』だとか言い放っているに違いありません。なんなら、女をふがふが鳴かせるのが趣味の変態かも。いや、間違いなくそうですね」

そして大失敗した。

「変態」

蓉蓉は愕然《がくぜん》とするものかと思ったが、意外にも、愉快そうに瞳《ひとみ》をきらめかせている。

「そう、変態……ふふ」

「蓉蓉様？」

「いいえ、なんでも」

蓉蓉は、一層楽しげに笑うと、こちらに一歩詰め寄ってくる。

「あなたのお名前は、なんと言うのですか？」

「珠珠《じゅじゅ》です」

選抜に使われる名札を用意される時にも、太監から同様の質問をされ、珠麗は花街時代から使っている偽名を答えた。

あまりに捻《ひね》りがないが、「珠麗」そのものよりは、いくらかごまかしになっているはずだ。

だが、蓉蓉は「まあ」と困惑したように眉を下げた。

「それは、あまりよくありませんね。この選抜を進めば、簡易の木片ではなく、正規の花札に名を書き直されるはずですから、そのとき改名したほうがよいかもしれませんわ」

「なぜです？」

素直に驚いて尋ねると、蓉蓉はちらりと周囲を見渡し、こっそりと耳元に囁《ささや》いた。

「四年ほど前、今の寵妃《ちょうひ》様の子を流した、『白豚妃』とあだ名される悪女がいたそうなのです。その方の名が『珠麗』だったとかで、後宮でその二字は禁忌になっているそうですわ」

その瞬間、轢《ひ》き潰《つぶ》された蛙《かえる》のような声をなんとかこらえた自分を、誰か褒めてほしい。

「そっ、うなのですか？　へえ、恐ろしい場所ですね、後宮って」

微妙に噛《か》んだ。やはり小遣い稼ぎなど考えず、一刻も早く逃げるが勝ちだ。

「卯《う》の刻となった。これより、『揺籃の儀』の初日、女官選抜を始める」

とそのとき、太監長・袁氏《えんし》――彼もまた後宮に残っていたらしい――が入室してきて、傍《そば》付きの太監が大きく銅鑼《どら》を鳴らした。

椅子に掛けていた者も含め、少女たちは一斉に立ち上がり、深く礼を取る。

蓉蓉も「頑張りましょう」と視線だけを寄越《よこ》して、さっと元の位置へと戻っていた。

「この後宮で、妃嬪様方にお仕えする女官たちは、皆、私の娘とも言える存在だ。肩の力を抜いて、この父に、よくその才能と、顔を見せるように。甲の評価を受けた者は上級女官候補として、乙の者は中級女官候補、丙の者は下級女官候補として以降の選抜に進み、丁の者は落札《らくさつ》とする。心得よ」――

袁氏は、ふっくらと柔和な顔を笑ませ、緊張する一同に話しかけた。

「それでは、これより一人ずつ、簡単な問答を始める。名を呼ばれた者は、前へ」

傍付きが掲げた台の上にはずらりと木片が並び、袁氏は早速その一枚を選び取る。

審査を終えて、「残札」、つまり札が残れば合格。そして「落札」、つまり床に投げ捨てられれば不合格だ。

落札者は札と、少額の褒美を与えられ、後宮を去ることになっている。

(絶っ対、落札して、あの縁起でもない札を木っ端みじんに破棄してやる)

珠麗は再度拳《こぶし》を握り、決意を固めた。

できれば最後まで、首布は外したくない。

宮中の礼儀も弁《わきま》えぬ、かなり頭の弱い田舎娘、という路線で行こう。

質問されてももじもじとして、返事を迫られたら、頓珍漢《とんちんかん》に応じる。

幸か不幸か、朱櫻楼が焼けたときに煙を吸って以来、よほど喉《のど》の調子がよくない限り声が掠《かす》れるようになってしまったので、声から正体を悟られることはないだろう。

少女たちがそつなく問答に応じ、蓉蓉に至っては流麗に詩を詠ずるのを聞き流しながら、珠麗は順番を待った。

ここまでのところ、落札率は五割といったところだ。意外に高い。

この新規補充人員の選抜と同時に、別の場所では、元からいる女官たちの見直し選抜が行われているわけだから、あまりこちらから多く採るわけにもいかないのだろう。

順当に行けば、間違いなく落札になる。少しだけ安堵《あんど》した。

「では、珠珠」

いよいよ名を呼ばれ、珠麗は努めて肩を丸めたまま、おずおずと袁氏の前に進み出た。途中、意味もなくつまずきそうになる挙措も挟み、ぐずな感じを細やかに演出する。

「明鏡止水の意味と語源はなにか？」

「…………」

もじもじとする。

「聞こえているのか。明鏡止水だ」

「はあ……め、めいきょ……？」

「明鏡止水」

「めっきょ……」

ぽかんと首を傾《かし》げてみせれば、袁氏は呆《あき》れたように眉を寄せ、問いを変える。

「我が国の祖、偉大なる初代皇帝陛下は八十余の国を統一し、その威光を称《たた》えて、後になんと言われた？」

「…………」

「答えよ」

「『すごいね』と言われた？」

なるべく馬鹿っぽく答えると、横に控えていた郭武官が小さく噴き出した。

（ああ、ああ、そうよね。あなた、結構な笑い上戸だったものね）

内心ムカッとしたが、演技はかなり奏功し、袁氏があからさまにうんざり顔になった。

「寒村の出とはいえ、ここまでひどい者もそうはおるまい。だいたい首布も外さず、顔も汚れて見苦しいことこの上ない。落札せよ」

傍付きに命じて、木簡を捨てさせる。

落札の小山に己の名が加わるのを見て、珠麗は内心で快哉《かいさい》を叫んだ。

（よし！）

とはいえ、喜んでも不自然なので、表面上はあくまで落胆したように「そんなあ」と眉を下げる。

とぼとぼと肩を落として元の位置まで戻る――まではよかったが、そこで思いがけない事態に陥った。

「申し上げる無礼をお許しくださいませ、太監長様」

なんと、すでに圧倒的な評価で残札を決め、首席の座を確保していた蓉蓉が、不意に身を乗り出したのである。

「彼女に今一度、機会を賜れませんでしょうか？」

（な……っ！　ちょ、こら！）

珠麗はぎょっとする。

だが蓉蓉はこちらの困惑など歯牙《しが》にもかけず、おっとりと、けれど滑らかに意見を述べた。

「彼女は、一族のしきたりで、婚姻前はみだりに顔を見せてはならぬと命じられているそうなのでございます。年頃であるのに装う喜びも捨て、厳粛に言いつけを守る姿勢は貞淑の表れ。どうぞ今一度、機会を与え、首布を取ってご挨拶《あいさつ》させてみてはいかがでしょうか」

「…………ぉっ」

（おおおおおおおおい！）

内心の叫びが口を衝《つ》きかけ、思わず変な声が出た。

だが蓉蓉は「わかっている」とばかり、鷹揚《おうよう》に微笑んで頷《うなず》いてくる。

違う。そうじゃない。

（善意なんだろうけど、めちゃくちゃ巨大なお世話！）

ふむ、と顎《あご》を撫《な》でた袁氏の意を汲《く》んで、太監たちが早速首布を取ろうと手を伸ばしてくる。珠麗はじりっと後ずさり、必死で布を守った。

「い……っ、いえあのっ、それには及びませんっ！」

「よい。後がつかえているのだ、進行を妨げるな」

「いえ！　あの！　見苦しいので！　すごく無様なので！　皆さまのお目汚しに……そう、見たら目がつぶれます！　これはもう、歩く視界の暴力、怪異級の醜さ！」

「逆に気になるぞ」

三人がかりで押さえつけられては、さすがに手も足も出ない。

体を床に押さえつけられ、あっさり首布を奪われ、しかもそれで顔まで拭《ぬぐ》われてしまった。

（まずい……！）

どっと心臓が高鳴り、全身に冷や汗が滲む。

袁氏に郭武官、それに、押さえつけている三人組のうち一人も、見覚えがある。つまり彼らもまた「白豚妃」を知っているのだ。

頤《おとがい》を持ち上げられ、無理やり顔を上座へと向けられたその瞬間、

「…………！」

室内の人間が、一斉に息を呑《の》むのがわかった。

（露見《ばれ》た……！）

ぐっと目を瞑《つぶ》ったが、袁氏が震える声で漏らした呟《つぶや》きに、耳を疑った。

「なんと美しい……」

(……………んっ？)

怪訝《けげん》さに眉《まゆ》を寄せる。

おずおずと瞼《まぶた》を持ち上げてみれば、小太りの太監長は椅子から身を乗り出すようにして、また、郭武官ですら驚いた顔で、こちらを見つめていた。

いや、彼らだけではない。太監たちも、ほかの武官も、蓉蓉以下その場にいるすべての女たちも、ぽかんとこちらを見ている。

「なんて白い、艶《つや》やかな肌……」

もしやそれは、ずっと黒布に保護されていた、この肌のことを指しているのだろうか。

「首も長く、頰も引き締まり、なんとほっそりとした、優美な姿」

もしやそれは、重量のある肥桶《こえおけ》を日々運びつづけ、さらには最低限の食事しか確保できずにすっかり細くなったこの体のことを言っているのだろうか。

「なによりもその、黒く濡《ぬ》れた、もの言いたげな瞳と、鮮やかな唇」

それはだって、目しか露《あら》わにしてこなかったから、意思疎通するために必然的に目力が鍛えられただけだ。

そして唇が赤いのは、姐《ねえ》さんたちが面白がって、朱櫻楼秘伝の「熱烈に口付けしても落ちない口紅風刺青《いれずみ》」を施されたからである。

「まあ……珠珠さん。あなた、こんな美貌《びぼう》を、いったいなぜ隠していたのです？」

「は……？」

ひとまず、白豚妃であるとばれたわけではなさそうだ。

だが、それならなぜ、こうも驚かれているのか。

顔を引き攣《つ》らせていると、郭武官がふと微笑《ほほえ》み、上座から降りてくる。

「寒村の出だと言っていたね。もしかして自分の顔を、鏡で見たことがないのかな？」

彼はいかにも高給取りらしく、上等な丸鏡を差し出してみせた。

因縁の相手が接近してきたのに、大いにびくつきながらも、珠麗は恐る恐る、鏡を見る。

「…………！」

そして思わず、絶句した。

なぜなら、濁りのない鏡面に映り込んでいたのは、小さな目が肉に埋もれた、豚めいた女ではなく――意志の強そうな濡れた黒瞳《こくとう》と、艶《つや》やかな赤い唇、そして真珠のように白い肌を持った、絶世の美女だったのだから。

＊＊＊

「なぜあいつを一人にした」

地を這《は》うような低い声を聞きとり、跪《ひざまず》かされていた男たちは一斉に震えあがった。

「も、申し訳ございません！」

大の男たちがそろって床に額を擦《こす》りつける。引き換え、椅子で悠然と膝《ひざ》を組むのは、まだ年若い青年で、その光景にはいかにも違和感があった。

だが、飾りの少ない黒い衣をまとった青年は、その鋭い眼光と言い、傲岸不遜《ごうがんふそん》な表情と言い、まるで王者の迫力を帯びている。

そこに着目すれば、男たちが青褪《あおざ》めているのにも納得できた。

磨いた黒曜石のごとき切れ長の瞳《ひとみ》に、通った鼻筋、薄い唇。

髪は首の後ろでひとまとめにして背に流し、今は不機嫌そうに頬杖《ほおづえ》をついているが、それさえも一幅の絵になりそうな男前である。

年は、二十を少し越えた頃だろうか。

青年は、この貧民窟《くつ》一帯をとりしまる賊徒集団《チンピラ》の頭領で、名を礼央と言う。

ただし、辺境の邑《むら》の賊徒頭に対して、ここまで男たちが怯《おび》えるのには、もう少し別の理由があった。

「まあ、まあ、礼央兄《にい》、そんなに凄《すご》まないでよ。こいつらだって本業があるんだからさぁ、ずっこけ珠珠のことばっか監視なんてできないよ。だいたい、二十にもなって、あっさり攫《さら》われるほうもたいがいじゃない？」

と、平伏《ひれふ》したままの男たちを見かねてか、礼央のすぐ隣に控えていた人物が声を上げる。

こちらは礼央よりもさらに年若く、少年と呼んで差し支《つか》えない様子だった。

名を、宇航《うこう》。ぱちりとした大きな目と、柔らかな頬を持った、一見する限りでは、あどけない少年である。

だが、その実宇航がかなり意地悪い性格の持ち主だという事実は、兄貴分である礼央と、しょっちゅう彼に絡まれる珠麗が一番理解しているだろう。

礼央が苛立《いらだ》たしげな視線を寄越《よこ》すと、宇航は大袈裟《おおげさ》に肩を竦《すく》めてみせた。

「珠珠は、兄のために贈り物を買いに行ったんだよ。そんな浮かれた、もとい、いじらしい女の買い物を、ずっと見守りたがる男なんているもんか」

「俺に贈り物？」

「うん、だって、もうすぐ誕生日でしょ。珠珠、にやにやしながら『少額の贈り物と引き換えに、守料を大幅に引き下げる……これぞ肉を切らせて骨を断つ奇策。もう自分がアレすぎてほんとアレ』って呟いてたよ」

「自画自賛の才能すらないのか、あいつは……」

礼央は途中まで不機嫌そうに聞き入っていたが、描写される珠麗の、あまりのあほらしさに毒気を抜かれたのか、はあと溜息《ためいき》を落とした。

「いい。二歳児並みの危機感しか持たないあいつの世話を、ほかに任せた俺の誤りだった」

「わかってくれて嬉《うれ》しいよ。あほな子を持つと苦労するね、礼央媽媽《ママ》?」

「やめろ」

礼央は顔を顰《しか》めると、男たちをさっと手の一振りで追い払った。

その場には、礼央と宇航の二人だけが残る。

この貧民窟のご多分に漏れず、泥壁を固めただけの、箱のようなあばら家だったが、礼央が腰かける椅子も、一つだけ据え置かれた卓も、隅にぞんざいに置かれた棚や壺《つぼ》といった調度品も、王宮のものかと疑うほど精緻な品だ。

壁には扁額《へんがく》まで掛けてあり、さりげなく灯《とも》された赤蠟燭《ろうそく》や、昼から杯に注がれた酒もまた、品のよい香りを放つ高級品だった。

浮かない様子で酒杯を傾ける礼央に、宇航は首を傾げた。

「そんなに考え込まなくてもいいんじゃない? どうせほかのシマのやつらでしょ。不穏な動きがあるところには、すでに先兵を送ってるもの。すぐ帰ってくるよ」

「いや……」

だが、礼央は緩く首を振る。聡明《そうめい》さを宿す黒瞳《こくとう》は、なにかの像が浮かんでいるとでもいうように、酒杯をじっと見つめていた。

「縄張り争いの体力があるようなやつらは、もうここにはいない。あいつの足取りが全く摑《つか》めないのもおかしい。これは邑外《ゆうがい》の人間の仕業だ」

「外？　こんな辺鄙《へんぴ》な邑《むら》に、わざわざ？　なんだって――」

宇航は途中で言葉を切ると、「ああそうか」と頷《うなず》いた。

「じきに春節。新年を新しい人員で迎えられるように、この時期から、女官となりえる年頃の女を集めはじめるんだっけ」

「よりにもよって、今年は『揺籃の儀』の年だ」

「わあお」

おどけるように相槌《あいづち》を打ってから、宇航は鼻に皺《しわ》を寄せた。

「それ、最高にまずいよね。だって、アレでしょ？　珠珠って――」

「白豚妃」

弟分が言いよどんだ二つ名をあっさり口にすると、礼央は椅子に背を預けた。

「かつて下級妃の流産を企《たくら》み、後宮を追放された悪女だな。……あれが悪女とは、笑わせてくれるが」

「だよねえ」

宇航もしみじみ頷く。

「去年だったっけ。酔っぱらった珠珠が、後宮の思い出語りを始めたときは、十年分は驚いたなあ。元白豚妃で、毒を盛った罪を着せられ、花街に流されたと。僕は、その花街からやってきた、なぜか顔を隠してるのろまな女としか思ってなかったから、とにかくびっくりしたものだよ」

「ああ、珠珠が来たとき、おまえは都に戻ってたもんな。あの顔はあまりに目立つから、俺が布を巻くよう言ったんだ」

「まあ、あの顔は、ねえ」

　勝手に棚から杯を取り出し、自分にも酒を注ぎ分けはじめた宇航が苦笑する。

「最初、寒さに慣れないとかで、しこたま着ぶくれして、歩く雪玉みたいだったじゃない。本人も『昔のあだ名は豚だった』とか言っていたから、てっきりぶくぶく肥えた不美人かと思ってたら、まさか強風で出てきたのが、あの天女みたいな顔！」

「おまえは急に、あいつを肉呼ばわりしなくなったな」

「さすがにあんな美女を『ねえそこの塊肉』とは呼びつづけられないよ」

　少し遠い目になって答えた彼は、そこで悪戯《いたずら》っぽく付け足した。

「横恋慕したわけじゃないから、安心して、礼央兄」

「……べつに」

　礼央はぐいと杯を飲み干し、話を逸《そ》らした。

「とにかく、あいつが後宮に連れ去られたとして、正体がバレたらことだ。冤罪が晴れていないなら、間違いなく首を刎《は》ねられる」

「でも、当時は豚と言われるほど肥えて、不美人で通ってたんでしょ？　案外気付かれずに、しれっと落札して帰ってくるんじゃない？」

「おまえ、あいつがそんなに如才なく立ち回れるとでも？」

礼央が目を細めると、宇航はそっと窓の外を見つめ、生温かい笑みを浮かべた。

「思わない」

「俺もだ。なんなら、本人が目立たずにいようと努力するほど目立ちまくって、後宮中の人間の視線を集める未来まで予想できている」

聡明で知られる弟分は沈黙を守った。同感だからだろう。

やがて、酒で唇を湿らせた宇航が、「不思議な子だよねえ」と、ぽつんと切り出す。

「すっごく騙《だま》されやすいし、ぐずでのろまなのに、なぜか、目が惹《ひ》きつけられる」

「自称、あれで相当擦れたらしいぞ。極度の人間不信だし、魂ごと煤《すす》けているそうだ」

「冗談！」

宇航はぷっと噴き出した。

「人間不信で煤けた人間が、三年もの間、自分を嵌《は》めた女を信じつづける？」

「思い出させるな。おまえは早々に逃げちまったが、あの後慰めるのが大変だったんだぞ」

しかめっ面の礼央が思い出したのは、珠麗が酔いつぶれた一年前の酒席であった。

その頃には、貧民窟での生活にもだいぶ馴染《なじ》んでいた彼女は、夕餉《ゆうげ》をいつも礼央たちと共にし、その流れで、頻繁に酒を酌《く》み交わしていたのである。花街で学んだ技を使って、小器用に泥酔を避ける姿がなんとなく不服で、その日に限って、礼央は本気で彼女を酔わせてみた。すると、泣き上戸であったらしい彼女は、呂律《ろれつ》も定まらぬ状態でばんばんと卓を叩《たた》き出し、「わらしね……わらしね、これでも、嬪《ひん》らったのよ」と涙ぐみはじめたのだった。

この玄岸州の貧民窟に集うのは、たいていが脛《すね》に傷持つ者ばかり。

もともと他人に興味を持てない性質もあり――なぜなら、彼がその気になれば他人の過去を探るなど造作もないからだ――、賊徒集団の幹部の過去さえ、礼央は聞き出そうとしていなかった。

当然、朱櫻楼の楼主から押し付けられた珠麗のことも、義理で引き取りはしたものの、来歴を検《あらた》めようとも思わなかったのである。

日頃の言動から、薄々やんごとなき姫君であったのだろうとは察していたので、内容に驚きはしない。ただ、まさかこんなにあっさりと過去を語られるものとは思わず、礼央と宇航は、眉《まゆ》を上げて視線を交わしたものだった。

しかも、「友人ともども罠《わな》に嵌められ、その友人の忠言に従い色仕掛けで命乞いしたが、残念ながら適性がなく大失敗した」と語るが、第三者からすれば、明らかにその友人とやらが怪しい。礼央と宇航が、ゆっくり噛《か》み砕《くだ》いて説明すると、彼女は目を真ん丸にし、やがてぱくぱくと口を開き、それから、わあっと卓に伏して泣き叫びはじめた。

「や、やっぱり、そういうことなのおお!?」

どうやら、花街での厳しい二年間で、彼女自身もぼんやり疑念は抱きはじめていたようである。それにしたって、確信に至らないのが、信じられないほどのお人よしだ。

女の涙が大の苦手な宇航は早々に席を立っていたのだが、今になっておずおずと尋ねてきた。

「で、その後どうなったんだっけ」

「俺が蓄えていた一升の米を猛然と炊きはじめて、過去と一緒に呑《の》み下した」

「強い」

宇航が虚無の顔つきになって頷く。礼央もまた、低く笑った。

「そう、あいつは強い」

それはまるで、上機嫌な猫が喉《のど》を鳴らすような仕草だった。

生い立ちのせいで、常に強くあることを求められてきた彼は、他人にもまた、強さを求める。弱々しくこちらに縋《すが》ってくる人間に対しては、つい苛立ちが先立つのだ。

初めて珠麗がこの貧民窟《くつ》にやって来たとき、真っ先に「誰に従えばいいのだろう」と不安げに周囲を見渡していた姿を見て、だから礼央は、彼女を「不要」の箱に割り振った。

さすが朱櫻楼の秘蔵《ひぞ》っ子《こ》だけあって、かなり美しい少女ではあったが、べつに礼央とて、女には不自由していない。

そのうち勝手に野垂れ死ぬかなと放置していたのだが、すると彼女は、意外な根性を見せはじめたのである。

とにかく、真似をする。

いや、本人としては真似と思っていることをする。

男たちが鶏を捌《さば》くのを見て、見よう見まねで鶏を絞める。刀を与えられなければ、壺を割って破片を手に入れ、それでなんとか挑戦する。

当然のように、彼女の手は破片でぼろぼろになり、かつ、肝心の肉も一かけらしか残らなかったが、それでも彼女は顔を輝かせるのだ。翌日には一かけらだったのが、拳《こぶし》大くらいには取り出せるようになり、その翌日には、拳が二つ分になった。

このあたりでとうとう、「貴重な鶏をこれ以上、あのお嬢に惨殺させないでくれ」と男たちから泣きが入り、礼央は溜息をついて、珠麗に短刀を授けた。

万事が万事、そのようであった。

珠麗はとにかく諦《あきら》めない。

馬鹿にされようが、実りが少なかろうが、何度も何度も繰り返して、少しずつものにしてゆく。そのうちに、周囲のほうが根負けし、いつしか彼女を認めはじめるのだ。

「私、なにごともゆっくりしかできないから」と彼女はときどき悲しげに呟《つぶや》いていたが、刺繍《ししゅう》や筆、舞や暗記など、彼女が秘める技術は大したものだ。

そのすべてが、こつこつと努力を積み上げる分野のものばかりであった。

気付けば礼央もまた、彼女の才能を認め、少しずつこちらの「稼業」を手伝わせはじめるとともに――彼女の立ち位置も、「要《よう》」の箱へと移動させていた。

もっと率直に、気に入っている、と言っていい。そして、気に入っている相手だからこそ、今こうして、礼央は初めて葛藤《かっとう》などというものに遭遇している。

「どうするの、兄？」

再び黙り込んだ礼央の心を読んだように、宇航が尋ねた。

「珍しく、追いかけてみる？　視界から去った相手を。そうすると、あれだけ避けてた王都に向かわざるをえないけど。頭領も、いよいよ見逃してはくれないだろうね。賊徒頭なんて身分で遊んでいいのは、次に王都に戻ってくるまで、って話なんだもの」

「…………」

両手を広げて肩を竦《すく》めた弟分を、礼央は無言で振り返った。

しばし宇航のあどけない顔をじっと見つめ、首を傾げる。

「ご機嫌のようだな、宇航」

「そう？　まあ、それはね。従者なら誰だって、こんな辺境で賊徒なんかをやっているよりは、王都で――偉大なる『烏《からす》』の跡取りとして、活躍する主人を見たいものじゃないか」

　鳥。

　それが、礼央がもともと属していた組織の名前である。

　要人の警護から暗殺、ありとあらゆる後ろ暗い稼業に手を伸ばし、皇帝でさえその存在を求めるという、隠密《おんみつ》集団。礼央は、その頭領の息子であった。

　幼少時から武技全般や毒の知識を身に付け、その才能は歴代頭領を上回ると言われる礼央。だが、一族の期待を一身に背負った彼は、ふんと鼻を鳴らして言い捨てた。

「禿《は》げた皇帝《おとこ》のお守りなんぞして、なにが楽しい」

　彼は、この数代はすっかり皇室の兵として飼い慣らされている鳥の在り方が、気に食わないのだった。

　国の中枢に近づくことで巨万の富や権勢を誇れるのだとしても、それと引き換えに、ただ皇室の血を引いたというだけのつまらぬ男に膝《ひざ》をつかねばならないのだとしたら、まったく割りに合わない。

　絶対服従を誓うため、幹部は自身に暗示までかけて忠義を尽くす掟《おきて》だが、それも礼央からすれば、愚かしいことこのうえなかった。

「えー。今代だってそこそこの名君だし、どうせ半年後には次代になるよ？」

「次期皇帝は病弱な小心者で、離宮に籠《こ》もって詩ばかり読んでいるらしいぞ。なお悪い。

郭氏とかいうその乳兄弟のほうが、後宮でよほど活躍しているともっぱらの評判だ」

「こんな辺鄙《へんぴ》な邑《むら》に籠もっておいて、よくそういうことを把握してるよね……」

取り付く島もない返事に宇航は眉を下げたが、礼央が立ち上がったのを見て取り、笑みを浮かべた。

「でも、行くんだね？」

「ああ。宇航」

頷いた礼央はなにげなく弟分に呼び掛ける。

「なに——」

ぱしゃっ。

そして、酒杯に残っていた酒を躊躇《ためら》いなく、浴びせかけた。

「うわっ！　ちょ、……けほっ」

度数の強い酒に目を焼かれそうになった宇航は、噎《む》せながら慌てて顔を拭《ぬぐ》う。

なにをするんだ、と抗議すると、礼央は冷ややかに言い捨てた。

「なにが『こんな辺鄙な邑にわざわざ？』だ、白々しい。昨日に限って、小火《ぼや》の誤報が入って俺が駆けつけざるを得なかったのも妙だ。親父に言われて、おまえが仕組んだな」

「……それこそ濡《ぬ》れ衣《ぎぬ》だよ。女官狩りは、意図せぬ偶然さ。僕は、放置しただけ」

どうせ、この兄貴分にはどんな嘘《うそ》をついても見破られる。

そう割り切ったらしい宇航は、あっさりと内実を暴露した。

礼央はしばらく目を細めてそんな弟分を見つめていたが、やがて短く溜息《ためいき》を落とすと、背を向けた。

どのみち、あのおっちょこちょいから目を離したのは、彼の咎《とが》だ。

「二度とするな。次は、おまえ自身の血を浴びさせる」

「はーい。すんませんでしたー」

びしょ濡れになった宇航はむくれた様子で舌を出し、それから、唇についた酒をぺろりと舐《な》め取った。

第二章　残るつもりじゃなかった

極力足音が立たぬよう全速力で小道を走り抜け、門へと続く大きな道に出たところで、速度を緩める。

息を荒らげてしまわぬよう意識して、珠麗《じゅれい》は何食わぬ顔で、後宮を行き交う人々の群れに加わった。

この先の角を一つ曲がってひたすら進めば、後は外へとつながる大門だ。門番に落札の木簡を見せれば、外に出られる。

(ここまで来れば、大丈夫かしら)

ちら、と視線だけを振り向かせ、背後から追手が来ないのを確かめると、珠麗はほっと胸を撫《な》でおろした。まったく、蓉蓉《ようよう》のせいで、とんでもない事態に陥るところだった。

「これだけの美貌《びぼう》、たしかに落札とするには——」

「ええ？　やっぱーい！　あたし、こんな美人だったの？」

袁氏《えんし》が思い直す素振りを見せたその瞬間、珠麗は甲高い声を上げた。呂律《ろれつ》の回らない甘い声をだ。

「あのくそババア、よくも隠してたわね。これだけの器量がありゃ、一番偉いお妃《きさき》様になって、酒池……肉林？　肉森？　筋肉？　を毎日できるに違いないのに」

寒村の貧民にすぎぬ身分で、大それた夢を紡ぎ出した娘を前に、袁氏は眉を顰《ひそ》めた。

口の悪さ、目上の者への敬意のなさ、そして頭の悪さが、心底不快な様子である。

花街で多くの男性客を見てきた珠麗は知っている。この国の高い地位にある男で、女に寛容な人間なんていやしないのだ。

口では「女の才能を引き出したい」「有能な女に惹《ひ》かれる」などと言いながら、実際のところ彼らは、従順で大人しい女を求めている。

柔和に見える太監長《たいかんちょう》の、隠された高慢さを見て取った珠麗は、ここぞとばかりに彼の逆鱗《げきりん》を刺激しに行った。

「女官として働くだなんてごめんだわ。あたし、学はないけど、これだけ美しいんだもの。偉いお妃様にしてくれますでしょ、太監長様？　ゆりかごだっけ、がんがん揺らしてくださいよ。いよっ、太っ腹！　あはは、本当、豚みたいに立派なお腹！」

ついでに、身体的劣等感も揺さぶってみた。

男性機能を失った宦官《かんがん》は、陰陽の気が乱れるからなのか、とかく太りやすい。昔は繊細な美貌を誇っていたらしい袁氏が、中年太りに悩まされていることも、かつて同じ豚仲間だった珠麗は知っていた。

「いや、そなたが後宮に残る未来などない」

「へ？」

案の定、耳の先まで怒りの色に染めた袁氏は、震える手で肘置《ひじお》きを握りしめて言い放つ。

「その浅学、その軽薄さ、そしてその傲慢《ごうまん》さは目に余る。妃嬪《ひひん》候補になどしたら、間違いなく諍《いさか》いの元となろう。かといって、女官として役立てる頭もない。やはり、落札だ！」

ええっ、と大袈裟《おおげさ》に叫びながら、珠麗は今度こそ内心で快哉《かいさい》を叫んだ。

さすがの蓉蓉も、この暴挙は擁護できぬのか、愕然《がくぜん》としたまま硬直している。

そしてその隙を突き、珠麗は素早く己の名が書かれた木簡を回収すると、広間を退散したのだった。

（とはいえ、郭《かく》武官はじっとこちらを見ていた気がするわ。あいつ、妙に鋭いところがあるから、とにかく彼の手が及ばぬ城外まで逃げないと）

優雅に歩む人々に焦《じ》れながら、珠麗は門へと歩く。

簡素なお仕着せをまとっているのがもどかしかった。

後宮では、下の身分の者が上位の者を追い越すなど許されず、見つかれば処分されてしまう。つまり、最下層の衣をまとう珠麗は、誰よりゆっくりしか進めないのだ。すでに、この顔も露呈しているというのに。

(ああ、あの角を曲がれば、その先は門……!)

ようやく角に差し掛かり、少しだけ安堵《あんど》する。

だがすぐに、珠麗は顔を強張《こわば》らせる羽目になった。

「きゃあ! 祥嬪《しょうひん》様の鏡が!」

かしゃんっ、となにかが割れる音と、女官の叫び声とが辺りに響き渡ったからである。

見れば、向こうからやって来た中級妃の一団と、珠麗のすぐ前を進んでいた下級妃の一団、その女官同士が、たまたま角で接触してしまったようだった。

不運にも、ぶつかられた女官が持っていた中級妃の鏡が、割れてしまったようである。

(あ……)

咄嗟《とっさ》に視線を向け、割れた鏡を持った女官の顔を見て取り、珠麗は思わず声を上げかけた。

——夏蓮《かれん》。

それは、かつて珠麗に仕えてくれていた女官であった。

天華国《てんかこく》ではあまり見かけられぬ浅黒い肌をしていて、鋭い目つきの瞳《ひとみ》も、波打つ髪も、夜空のように真っ黒である。

もとは一年の半分を砂漠の移動に費やす遊牧民であり、その顔立ちは美しいながらも、異質だ。

ただ、短かったくせ毛もすっかり伸び、今はほかの女官たちと同様、美しく結われている。

悲鳴を上げたわりに、憂鬱《ゆううつ》そうに沈んだ表情は気になったが、考えてみれば、彼女は元から、どこか表情に乏しく、人形めいた印象のある人物であった。

珠麗はひとまず、夏蓮が罰を受けた様子もなく、五体満足で生きていることにほっと胸を撫でおろした。

「祥嬪様、申し訳ございません。突然純貴人《じゅんきじん》様方がぶつかってきて、鏡を守れませんでした」

「まあ、夏蓮。あなたの咎ではありませんわ」

夏蓮が深く頭《こうべ》を垂れる先を目で追い、そこで改めて息を呑《の》む。

今さらながら、耳が拾った「祥嬪」の語を頭が理解し、珠麗はさっと青褪《あおざ》めた。

嬪は中級妃を指す階位で、その上につく文字は、妃個人を指し示す称号。つまり、

(楼蘭《ろうらん》は、嬪になっていたの……!?)

鏡を割られた祥嬪とは、元・祥貴人《しょうきじん》、楼蘭であった。

珠麗はほかの使用人たち同様、急いでその場に跪《ひざまず》き、俯《うつむ》いた。

そのうえで、目だけを動かして、かの人物を窺《うかが》う。

大勢の女官たちを引き連れ、品よく佇《たたず》む姿は、相変わらず天女のような美しさだった。階位が上がったぶん、衣装は華やかになっているが、庇護《ひご》欲をくすぐる、その儚《はかな》げな雰囲気は健在だ。唯一の違いは、側に夏蓮がいることくらいか。

（……少なくとも、その約束は守ってくれたわけね）

俯いて控える夏蓮を除き、ほかの女たちは眉を吊《つ》り上げて、「ぶつかってきた女官に処罰を」と騒ぎ立てる。彼女たちを宥《なだ》めるように、楼蘭は淑《しと》やかな声で告げた。

「皆さま、落ち着いて。粗相した女官は、あくまで純貴人《じゅんきじん》の管理下にあります。処罰は、純貴人にお任せしなくては」

かつての珠麗であれば、その穏やかな言葉に、「もっともだわ、優しいのねえ」と頷《うなず》いていただろう。

だが、花街でばりばりの女の戦いを、それも下っ端として目の当たりにしてきた今ならばわかる。これは、鏡を割った下級妃――純貴人を追い詰めているのだと。

つまり楼蘭は、あくまで自分の手を汚さずに、純貴人に責任を取るよう迫っているわけだ。

実際、昔から教養高さと慈愛深さで知られた純貴人は、その意図を察して青褪めている。地面に額を擦《こす》りつける己の女官と、悠然と佇む楼蘭を交互に見つめ、彼女は戦うことを選んだようだった。

震える声ながら、切り出す。

「わたくしの女官が行き届かず、申し訳ございません、祥嬪様。ただ、御身は、厳正なる『揺籃《ようらん》の儀』に向かわれる最中《さなか》かと。初日の今日は、太監長の前で経典の理解が問われる日。経典の第一に示された高貴の精神に倣い、ご容赦いただけませんでしょうか」

(ほーん、そう来たか)

すぐ後ろで聞き耳を立てていた珠麗は、物見高く頷いていた。

この主張、表面上は「経典で書かれる道徳心に従って、見逃してくださいよ」とも取れるが、「経典の第一に示された精神」の部分を深読みすれば、少し意味が変わる。

経典の第一章で書かれる訓示とは「高潔たれ」。

賄賂《わいろ》や甘言で地位を得ようとするな、との内容だからだ。

つまりこの発言は、

「なぜ厳粛な儀式に向かっているはずのあなたが鏡なんて高級品を持ち歩いているかと言えば、太監長への賄賂にするためですよね。経典には賄賂を贈るなって書いてあるのだから、それを弁《わきま》えているのなら見逃しなさいよ」

というほどの意味になる。

(さすがは、学者を輩出する家系で知られる純貴人。思い返せば四年前の時点でも、年嵩《としかさ》ながら、その教養の高さで一定の地位を得ていたわね……）

生真面目そうな純貴人の顔をちらりと窺いながら、珠麗はそんなことを思った。

当時は彼女の話す言葉が迂遠《うえん》すぎて、さっぱり理解できなかったが、今ようやく、その聡《さと》さがわかる。

だが、敵もさる者、楼蘭は優雅な仕草で溜息《ためいき》を落とすと、悲しげに詩を呟《つぶや》いた。

「『我が心はもと月の如《ごと》く、月もまた我が心の如し』。天に座す月も、わたくしの心も取り出せませぬゆえ、丸い鏡をお持ちしましたのに、趣向に水を差されて悲しゅうございます」

（うわ、これまたなんて高度な切り返し）

両者の女官も、やり取りについていけずおろおろとしていたが、珠麗はとある事情から、この高度な舌戦の意図を違《たが》わず理解できた。

楼蘭が呟いたのは、謙虚さで有名な哲学者が、隠遁《いんとん》生活の心境を表現した詩で、「私の心も、空に浮かぶ月も、なんの邪心もなく澄みきっている」といった意味だ。

楼蘭は、その心境を表現すべく、澄みきった心を澄みきった鏡に仮託するという「趣向」を用意したまで――つまり、これは賄賂などではない、と主張しているわけである。

いや、それどころか彼女は、物憂げに純貴人を見つめ、首を傾げてみせた。

「澄んだ心を表すはずだった鏡は、割れて濁ってしまいました。これでは儀に臨めませんわ。懸命に用意した趣向を壊し、厳正な儀を妨害なさるなんて、あんまりでございます」

（うわっ、「鏡を壊した」じゃなくて、「儀を妨げた」責任に、しれっと話を大きくしたわよ、この子）

楼蘭の意図を正確に理解して、珠麗は他人事《ひとごと》ながら冷や汗を滲《にじ》ませた。

四年前は「なんで後宮の女たちって、いきなり詩を口ずさむのかしら？」ときょとんとしていたが、今、よくわかる。

彼女たちは、美詩を武器に戦っていたのだ。

そして、楼蘭はどうも、その手の戦いが大の得意のようだった。

「…………っ」

純貴人が息を呑む。

聡明《そうめい》な彼女は、楼蘭の脅迫を正確に理解したのだろう。

揺籃の儀を引き合いに出して揺さぶったばかりに、揺籃の儀を武器に脅されてしまった。

今の純貴人は、「中級妃の所持品を壊した下級妃」ではなく、「中級妃の足を引っ張り、厳正な受験を妨げた」悪人だ。

罪としては後者のほうが重い。分が悪い戦いと言えるだろう。

「私物を不慮の事故で壊されたなら我慢いたしますが、厳正な儀を妨げられ、しかもいわれなき非難まで浴びせられるというのなら、わたくしも嬪として、見過ごせません」

遺憾、といった表情で純貴人に向き合う楼蘭は、いかにも正義の徒《と》に見える。

純貴人の厳しそうな顔立ちと、一方の楼蘭の儚《はかな》げな風貌《ふうぼう》も合わさって、これでは、「言いがかりをつける年増の下級妃と、それに敢然と立ち向かう美貌の中級妃」にしか見えない。

それを悟ったか、純貴人は拳《こぶし》を握り、その場に震えながら跪きはじめた。

彼女とて、これから下級妃として審査される身の上。

楼蘭に悪評を吹き込まれては、堪《たま》ったものではないのだろう。

だが、ここで跪いては、罪を認めるも同然。

凄《すさ》まじい葛藤《かっとう》に、純貴人は襲われている――。

(のは、いいんだけど)

それはそれとして、珠麗はこう思わずにはいられなかった。

(進行、巻いてくれませんかねっ⁉)

なにしろ、こちらは半ば無理やり選抜を抜け出してきた身である。

いつ武官が追いかけてくるやもしれず、そもそも、いつこの顔から正体を悟られるかもわからない。

とにかく一刻も早くこの場を去りたいのに、妃嬪二人がその場に留《とど》まりタイマンを張っているせいで、平民でしかない珠麗は、一向に身動きが取れないのだった。

（楼蘭が案の定腹黒い女だっていうのはよくわかった！　純貴人も頑張った！　頑張ったから、後はもう二人で勝手にやって！）

楼蘭に対し、思うところはある。

だが、それは珠麗にとってもはや、わざわざ触れに行くものではなかったし、夏蓮の無事も確かめたし、目下、命が惜しかった。

「く……っ」

「ひどく震えて、どうなさったのです、純貴人。膝《ひざ》が痛むようなら、太監たちをお呼びしましょうか？」

だというのに、純貴人はちっともさっさと跪いてくれないし、楼蘭もオラオラと煽《あお》るのをやめない。

のみならず、楼蘭が言うように、騒ぎに気付いた巡回中の太監たちが少しずつ集まりはじめているようで、珠麗は青褪めた。

太監なら、まだいい。

だが、白豚妃《しろぶたひ》の顔を知る、妙に聡い郭武官が万が一やって来たら。

「──あのっ」

とにかく、早くこの騒動から解放されて、門に向かいたい。

その一心で、珠麗は覚悟を決めて、切り出した。

女官見習いの衣をまとった人間が声を上げたことで、楼蘭たちが一斉に振り向く。

珠麗は平身低頭を装い、顔を俯けて隠したまま、ずりずりと膝這《ば》いで進み出た。

「恐れながら申し上げます。割れた鏡に、満月の清らかさはなくとも、片割れ月の趣はございます。これはいわば『楽昌《らくしょう》の鏡』。そうした趣向は、受け入れられぬものでしょうか」

楼蘭たちは、胡乱《うろん》げな眼差《まなざ》しを寄越《よこ》す。

「楽昌の鏡？　耳慣れぬ言葉ですね。下賤《げせん》の女官見習いが、妙な作り話をするとは――」

「本事詩《ほんじし》によれば」

珠麗は、膨大な収録数を誇る逸話集の名を真っ先に出し、楼蘭たちの口を封じた。

「古《いにしえ》の国の公主《こうしゅ》・楽昌は、戦禍に巻き込まれるその直前、鏡を半分に割って愛する夫と分け持ち、混乱の収まった後に、それを手掛かりとして再会を果たしたそうです。これこそが『楽昌の鏡』、または『破鏡重円《はきょうじゅうえん》』の語源でございます」

「破鏡重円、それなら……」

うっすらと聞き覚えのある語だったのだろう。楼蘭と純貴人が、眉《まゆ》を寄せて呟く。

ここぞとばかりに、珠麗は割れた鏡を拾い、平伏《ひれふ》したまま楼蘭に差し出してみせた。

「禍《わざわい》に呑《の》まれてなお、一心に夫を慕い、やがて報われる。多くの厳しさを乗り越えて、ただ一人の尊いお方に心を捧《ささ》げる妃嬪《ひひん》様に、これほど相応《ふさわ》しい言葉はございません。この割れた鏡こそが我が決意の表れ、とても太監長様に差し出せば、目新しくも味わい深い趣向として、受け入れられるのではないでしょうか」

一気に言い切ると、楼蘭は目を見開いて、黙り込んだ。

内容を吟味し、たしかにそれは斬新でよいと判断したようである。

教養の高さを印象づけられるし、なにより賄賂ではなく趣向だと宣言した手前、受け入れざるをえない、という面もあるのだろう。

「……そうですね」

やがて頷くと、楼蘭は夏蓮に命じて、鏡を受け取らせた。

「そのような趣向も、太監長様には目新しいことでしょう」

これで、純貴人を責め立てる理由はなくなったということだ。

「それでは、先を急ぎますので。ごきげんよう」

楼蘭は、平伏する珠麗を値踏みするように見下ろすと、次には興味を失ったように、優雅に踵《きびす》を返した。

夏蓮もまた珠麗が気になったのか、じっと視線を落とすが、やがて無言で身を翻す。

止まっていた時が流れ出したように、周囲の人々が、詰めていた息を一斉に吐き出した。

「ねえ、あなた」

よし、これで門に、と立ち上がった珠麗に、声が掛かる。

純貴人だった。

再びその場に跪《ひざまず》こうとした珠麗を制すと、彼女は目を合わせて礼を寄越した。

「助かったわ、ありがとう。女官見習いにしては、ずいぶんと博識なのね」

「いえ、唯一知っていた故事を、たまたま思い出しただけでございます」

珠麗は頭を下げることによって、全力で視線を避けた。

純貴人もまた、「白豚妃」と交流のあった下級妃だ。なるべく顔は見られたくない。

「まあ。経書《けいしょ》の中ではさほど主要ではない本事詩の一篇《いっぺん》だけを、唯一？　そんな偶然ってあるのかしら」

「よ、世の中は不思議な偶然で満ちておりますね」

ぐいぐいと来られて、珠麗はしどろもどろになった。

まさか、「いやあ、貧民窟《くつ》で、科挙の不正を手伝う闇稼業に手を染めていたので、経書に詳しくなっちゃったんですよね」とは言えるはずもない。

膨大な暗記量が求められる官吏の試験において、経書をびっしりと書き記した小さな「裏栞《りかん》」は、追い詰められた裕福な受験生に大人気で、特に手先が器用な珠麗の作は、「小さいのに大容量で、しかも字がきれいで読みやすい」と大変好評だった。

冷や汗を浮かべてごまかす珠麗に、純貴人は愉快そうに目を細めてみせた。

「そう。楽昌の鏡は、伝灯録《でんとうろく》では『破鏡再び照らさず』の教えとして語られるけれど、それも単なる偶然だと言うのね？」

「単なる、偶然でございましょうねえ」

さすがの知識量を誇る純貴人に、珠麗は密《ひそ》かに片眉を上げる。

――気付いていたか。

そう、割れてしまった鏡は、楽昌の逸話では再び重なるけれど、ほかの経書では、結局元の鞘《さや》に戻れなかった夫婦の譬《たと》えとして使われ、「壊れた関係や、過ちは取り返せない」との戒めに用いられる。

かつ、経書としては後者のほうが有名であった。

楼蘭が誇らしげに「破鏡重円にあやかりました」と鏡を示したところで、きっと赤っ恥を掻《か》くだけだろうが、それもまあ偶然のことなので、仕方ないだろう。

二人は、ちらりと共犯者の笑みを交わし、やがて純貴人が、髪から簪《かんざし》の一つを引き抜いて、珠麗に差し出した。

「英明なる陛下のご威光は大陸の隅々まで行き届いている……女官見習いまでそのような知識を身に付けていることに、感銘を受けました。受け取りなさい」

「ありがたき幸せに存じます」

路銀だ。

珠麗はほくほくと笑みを浮かべると、遠慮なく簪を受け取った。

これで、玄岸州《げんがんしゅう》まで帰れる。

純貴人が立ち去るのを見届けて、今度こそ珠麗は大急ぎで門へと向かった。

この角を曲がり、後はもう、全速力で走るのみ――。

「きゃっ！」

だが、疾走するどころか、勢いよく角を曲がろうとした時点で、どんっと何かにぶつかり、珠麗は尻《しり》もちをついた。

「おや、大丈夫かな？」

いや、なにかではない。人だ。

「そんな、逃げるようにして走らなくたっていいじゃないか。腰は大丈夫かな？」

優雅にこちらへと手を差し伸べる、武官服をまとった、とびきりの美丈夫。

「な、なぜ、ここに……」

「武官だけの知る抜け道があるんだ」

先回りされたことに呆然《ぼうぜん》としていると、彼――郭武官はにこりと笑って応じる。

「本事詩に、伝灯録。『酒池筋肉』に憧《あこが》れる寒村の娘にしては、ずいぶん博識だね？」

「え……っ？　あ、あの、なんのことでしょうっ？　私は、字も読めない無学な――」

「ああ、本来の一人称は『私』なんだね。で、字も読めない君が、偶然、自分の名を書かれた木簡を素早く選び取れたと。『すごいね』」

たっぷりと揶揄《やゆ》を混ぜ込んだ話しぶりに、珠麗はくらりと眩暈《めまい》がしそうになった。

そう。そうだ。彼は、こういう男だった。

「『女官として働きたくない』と言っていたっけ。そうだね、美貌《びぼう》と学を兼ね備えた君は、女官ではなく、妃嬪《ひひん》を目指すべきだ」

硬直する珠麗から、落札の木簡を奪い取り、郭武官はにっこりと笑みを深める。

「おめでとう。君は後宮に残り、下級妃《きじん》候補として、選抜を進むように」

過ちは取り返せない。

青空に残った冬の半月が、再び照らさぬ破鏡のように、意地悪く珠麗を見下ろしていた。

第三章　庇《かば》うつもりじゃなかった

昼下がりの後宮に、まるで鈴を鳴らすような、軽やかな笑い声が響いた。

「嬉《うれ》しいですわ。珠珠《じゅじゅ》さんと、こうしてまたご一緒できるなんて」

上機嫌に唇を綻《ほころ》ばせるのは、蓉蓉《ようよう》である。

下級妃候補となった女たちに支給される、控えめな刺繍《ししゅう》の施された――とはいえ、女官用のそれとは比べ物にならぬほど上質な――衣が嬉しいのか、その場でくるりと回り、裾《すそ》を翻させている。

もちろん彼女も、優れた教養を発揮したことで、揺籃《ようらん》の儀の掟《おきて》に則《のっと》り、下級妃候補へと上り詰めていたのであった。

蓉蓉と、珠麗《じゅれい》。

見たところ、このたった二人が、女官用人材から登用された下級妃候補のようである。

少ないようにも思えるが、もともと妃嬪候補としてやって来た貴族の女性たちや、なにより、残留を狙う現妃嬪たちと合わさることを考えれば、きっと妥当なところなのだろう。

（いや。全然、全っ然、妥当じゃないけど）

重い足取りで蓉蓉の後ろに続いた珠麗は、怨念の籠《こ》もった溜息《ためいき》を落とした。

郭《かく》武官にあっさり捕まったのは、二刻ほど前のこと。

正体がばれやしないかと、蛇に睨《にら》まれた蛙《かえる》のように硬直しているところを、彼は爽《さわ》やかに抱き上げ、「妃嬪候補にふさわしい装いにしておいで」と更衣室へ放り込んだ。

見抜かれなかったのは幸いだが、ごく間近に迫ったご尊顔に、いったいどれだけ寿命を縮めたものか。

必死に顔を逸《そ》らし、小さく震えていると、なぜか彼の愉快そうな視線を感じた。きっと、人の怯《おび》える顔が好きという、嗜虐《しぎゃく》性に満ちた変態なのだろう。間違いない。

その後も、胸元の焼き印を見られぬよう、一人での着替えは死守したものの、個室を出た途端、郭武官の指令でやって来た女官たちに寄り集まられて、さんざんであった。

「まあ！　なんと美しいお顔……それにこの、白く眩《まぶ》しい、まさに珠《たま》のようなお肌！」

「なぜこんな古風に、引っ詰め襟にしていらっしゃるのですか？　ここは豪華絢爛《ごうかけんらん》を誇る天華国《てんかこく》が後宮、今は胸元を大きく見せる着こなしが主流でございますよ。その胸元の豊かな果実は、絶対に主張せねば損でございます」

「わたくしどもにお任せください。珠珠様を今様の佳人に大変身させてみせますから！」

「後生だからやめて！」

熱心に言い寄られて、というか、ごく自然に胸元をはだけられそうになって、思わず絶叫したものである。

胸元を開けた着こなしが今様。そんなことは知っている。

かつて後宮にいたときは、自分とて唯一の武器たりえる胸元を強調したものだったし、なんなら花街では、ほぼ剝《む》き出しくらいの着こなしを目の当たりにしてきたものだ。

（でも、今そんなことしたら、死んじゃうから！）

羞恥心《しゅうちしん》で、ということではなく、物理的に。

焼き印を見られては、即座に牢《ろう》に連れて行かれて殺されてしまう。

よって珠麗は半泣きになって「はしたないから！　死んじゃうから！」と騒ぎ立て、なんとか、この襟をかっちりと寄せた今の着方に落ち着いたのである。

顔も髪も好き勝手に飾り立てられてしまったが、もはやそちらを交渉する気力は残っていなかった。

すっかり美貌を露《あら》わにした珠麗をちらりと見やってから、蓉蓉は恍惚《こうこつ》とした様子で両の指先を合わせた。

「聞きましてよ、珠珠さん。扇情的な着こなしを勧めた女官相手に、涙ながらに貞節のなんたるかを訴えたのでしょう？」

「……はい？」

『我が白肌を許すのは、この世にたったお一人の、尊き方との枕辺《まくらべ》のみ。今暴こうとするならば、この喉《のど》突いて死にましょう』……。ああ、なんと奥ゆかしくも凛《りん》とした宣言でしょうか。今時珍しい貞淑ぶりであると、女官たちはおろか、宦官《かんがん》まで興奮に頬を染めて噂《うわさ》していましたわ」

誰だ、尾ひれはひれどころか、手足や翼まで付けて噂を流したのは。

珠麗はひくりと口の端を引き攣《つ》らせ、顔もわからぬ誰かのことを、脳内でたこ殴りにしてやった。

「お願いですから、せめてあなたは、そんな噂に加担しないでもらえますか」

「まあ、悪い噂ではございませんのよ。珠珠さんを褒め称《たた》える内容ですのに。この調子でしたら、珠珠さんは、もしかして嬪《ひん》にだって――」

「それがなお悪いのよ！　どうか、今後一切、私を美化したり、持ち上げたりするようなことを言わないで。絶対よ！」

興奮のあまり、敬語も取れてしまったが、もういいと割り切った。

今日はなんという一日だろう。

やることなすこと裏目に出て、目立たず城外に追い出されるつもりが、気付けば、下級妃候補として注目を集めてしまうだなんて。

（私の気力はどん底よ……！）

両手で目を覆って嘆く珠麗は、「なんと謙虚な……」と感心したように呟《つぶや》く蓉蓉に気付かなかった。

「さあ、珠珠さん。立ち話もなんですし、早く宮に落ち着きましょう。こちらですわ」

なぜだかにこにこと上機嫌な蓉蓉は、広大な後宮を迷わずに進む。

ぶっきらぼうな太監《たいかん》に、「二人は儀の間、白泉宮《はくせんきゅう》に住むように」とだけ告げられ、去られてしまったのだが――おそらくこれも、噂の下級妃候補を試してやろうという嫌がらせの一種だろう――、蓉蓉はまるで戸惑う素振りも見せず、先ほどから最短距離を進んでいた。

「ああ、さすがに白泉宮は遠いですわねえ。でも、あの梅の木を曲がればもうすぐですわ」

「……ずいぶんと詳しいのね」

思わず、呟く。

珠麗には、この蓉蓉という少女が不思議であった。

少しばかり上品な商家の娘程度かと思いきや、ほかの候補者を圧倒する教養の持ち主で、やたらと後宮の内情に精通している様子の彼女。

(本人は女官候補から運よく妃嬪候補になったって言ってるけど、本当は、もともと妃嬪候補になれるくらい、高い身分なんじゃ……？)

不審な思いを込めてじっと見つめていたら、蓉蓉が「まあ、珠珠さん」と驚いたように振り返った。それから、にっこりと、意味深な笑みを浮かべる。

「巻き込まれてくださいますの？」

「絶対いや！」

珠麗は食い気味に耳を塞《ふさ》いだ。

花街、貧民窟《くつ》で、後ろ暗い連中と付き合ってきた今こそわかる。この世には、触れないほうがいい事柄も多く存在するのだ。

彼女は敵国の諜者《ちょうじゃ》かもしれないし、妃嬪の暗殺を命じられた刺客かもしれないし、珠麗と同じくかつて追放された妃嬪かもしれない。だが、今日にでも後宮を去るつもりの珠麗には、まったく無関係である。

「まあ、そう仰《おっしゃ》らずに。わたくし、珠珠さんがすっかり気に入ってしまったのですわ。実はわたくし――」

「わー！　わー！　聞こえない！　聞こえません！　不用意に踏み込んで悪かったわよ。もう二度と踏み込まないから、そちらも踏み込んでこないで！」

頑《かたく》なに首を振っていると、諦《あきら》めてくれたらしい。

蓉蓉は残念そうに眉《まゆ》を下げると、話題を変えてくれた。

「では、気が向いたら仰ってくださいね。それにしても、珠珠さんと寝泊りまでご一緒できるなんて、楽しみですわ」

彼女がそう言うのは、白泉宮なる貴人《きじん》用の宮で、珠麗と蓉蓉が宮を共有することになっているからである。本来なら、珠麗たち平民の妃嬪候補者は、女官房に部屋を与えられるのだが、今年は貴人の宮の一名分が空いたとかで、そこへの居住が許されたのだ。

妃《きさき》は一人一宮を与えられるが、嬪は二人で一宮、貴人は四人で一宮を分け合って住む。つまり宮の四分の一の空間に二人を詰め込むわけで、かなり手狭になるはずだったが、もちろん、女官部屋に比べれば圧倒的な好待遇と言える。

さらにはお付きの女官や太監も与えられるらしく、「早くも、姫君のごとき生活ですね」と蓉蓉は微笑《ほほえ》んでいたが、珠麗としては、罵《のの》り声を抑えるのに必死だった。

(厳重な警護に、監視人員まで付いてくるとか……！)

もはや天が自分を見捨てたとしか思えない。

かくなる上は、夜中にこっそり逃げ出そうなどと考えていたのだったが、どう考えても無理ではないか。

(なんとかして、このへんの東屋《あずまや》にでも放り出してもらえないかしら)

白泉宮にたどり着き、その手前の梨園《にわ》を見ながら唸《うな》っていた珠麗だったが、そこに来て唐突に救いは訪れた。

「ようこそ、白泉宮へ。けれど、歓迎はしないわ」

門をくぐった途端、数名の女官に囲まれた下級妃が、まるで通せんぼをするように立ちはだかったのである。

派手な衣をまとったのは、すらりと背の高い、気の強そうな吊《つ》り目の女だった。

(あら、紅香《こうか》)

こちらを睨み付けているのが明貴人《めいきじん》の称号を持つ紅香であると見て取って、珠麗は目を瞬《しばたた》かせた。かつて、交流があった下級妃である。

後宮の中でも若い部類だった珠麗よりさらに幼く、妹分として可愛がっていたのだったが、気の強さは健在とはいえ、容姿はずいぶん大人びた。彼女も、もう十八になるのか。

紅香は、珠麗と蓉蓉のことを順番に眺めると、見下すように顎《あご》を上げた。

「珠珠に、蓉蓉ね。話は聞いていてよ。蓉蓉はともかく……珠珠なんて名前で、よく選抜に残れたものだわね。その名を聞くだけで、皆顔をしかめたはずだけど」

のっけから、名前にケチをつけられる。

やはり後宮全域で己の名は禁忌なのだと、珠麗は改めて衝撃を受けた。

「わたくしは、明貴人・紅香。ただし、同じ貴人の候補だからといって、あなたたちと仲良くする気はさらさらないわ。あなたたちはしょせん、運のよさでここまでやって来ただけの、薄汚い奴婢《ぬひ》。いくら部屋が空いたからといって、遠慮なく妃嬪《ひひん》の宮に踏み込んでくるなんて、本当に礼儀を知らないのね。分を弁《わきま》えなさいよ」

「そんな……」

吐き捨てる口調に、蓉蓉が眉を顰《ひそ》める。

「お言葉を返すようですが、わたくしたちは、厳正な選抜を経て、この場に残ったのでございます。そんな仰いようはあんまりですわ」

「そんなの、他の候補の質が低かっただけでしょう。この後宮にいるのは、天下の誇る才媛たちなのよ。まぐれに舞い上がって明日恥をかくくらいなら、今、さっさと後宮を出て行ったらどうなの？」

「なんという」

「そうですよね！」

怒りでさっと頬を染めた蓉蓉を遮り、珠麗は声を上げた。

紅香が意図せずに差し出してくれた救いの手が、ありがたくてならない。

は？　と怪訝《けげん》そうに眉を寄せる相手に、珠麗はなんとか笑みを堪《こら》えて言い募った。

「ご発言、至極ごもっともでございます。そちらの蓉蓉はともかく、この私に、後宮に残る資質なんて欠片《かけら》もございませんもの。ええ、今すぐにでも、出ていくべきだったのですよね。今すぐにでも！」

重要なことなので二回言い、珠麗はひしと紅香の手を取った。

「私自身、郭武官という方に無理やり後宮に残されてしまい、身の丈に合わない展開に困惑していたのです。太監《たいかん》様に言われるままにこの場に来てしまいましたが、貴人様が仰るのですもの。従っても許されますよね？　だってご命令ですもの、仕方ないですよね？」

お願い、そうだと言って。

門番以下すべての監視要員相手に、「明貴人に言われたので後宮を去りまーす」でごまかすことを、どうか許して。

珠麗としては、純粋にそうした言質《げんち》を取るべく縋《すが》りついたのだったが、紅香の反応は予想とは違った。みるみる青褪《あおざ》めて、手を引き抜いたのである。

「べ……べつに、出て行けと言ったのは言葉の綾《あや》にすぎないわよ。逃亡なんかして、その罪をわたくしにかぶせようと言うのなら、そんなこと、絶対に許さないわ」

「え」

あっさり掌《てのひら》を返されて、珠麗はぽかんとした。

とそこに、くすくすと、穏やかな笑い声が響く。

「相手は一枚上手でしたわね、紅香様」

「静雅《せいが》様……！　いつから見ていたの？」

なんと、先ほど鏡の件で関わった、純貴人《じゅんきじん》・静雅である。

彼女は品のよい挙措でこちらに近付くと、珠麗に向かって口元をほころばせた。

「後宮中の憧《あこが》れである郭武官と、審査結果を左右しうる太監を敵に回すだなんて、一介の下級妃にできるはずがない――先ほどの件といい、弱みを突くのがお上手ね、珠珠さん」

「え……」

そんな意図はまったくなかったのだが。

困惑していると、静雅は「わかっている」とばかりに頷《うなず》いて、それから蓉蓉にも一瞥《いちべつ》を向けると、改めて礼を取った。

軽く膝《ひざ》を曲げるだけの、同階位者同士が交わす挨拶《あいさつ》である。

「改めて、ごきげんよう、珠珠さん、蓉蓉さん。わたくしは、純の称号を頂き、この白泉宮を預かる貴人の一人、静雅。お二人の入室を歓迎いたしますわ」

年長者としての貫禄《かんろく》を見せつけて、彼女はそのまま、ぶすっとした紅香と、それからもう一人を呼び寄せた。

「すでにお聞き及びでしょうけれど、こちらは明貴人・紅香様。そして、あちらは恭貴《きょうき》人《じん》・嘉玉《かぎょく》様よ。嘉玉様、あなたもご挨拶を」

「は、はい……」

そうしておずおずと出てきたのは、色白の肌とほっそりとした体つきの小柄な女性だ。年は紅香と同じほど——けれど、消え入りそうな声がなんとも頼りなく見える。

そんな彼女にも、珠麗は見覚えがあった。やはり、かつて交流のあった下級妃だ。

(相変わらず、庇護《ひご》欲をくすぐる佇《たたず》まいよね……ううん、ますます痩《や》せたかしら)

四年の歳月がもたらした変化にしみじみしている間に、静雅たちと蓉蓉はつつがなく挨拶を済ませる。

なんとなく雰囲気が穏やかなものになり、そのまま皆で宮へ引き返そうとしたが、しかしそこで、紅香が声を荒らげた。

「お待ちなさい！　まだ、そこの二人を殿内に上げていいとは、認めていなくてよ！　せめてその珠珠という奴婢のほうは、放りだしてちょうだい！」

「まあ、紅香様。武官と太監の命に抗《あらが》えるとでも言うの？」

「それは、言わないけれど……！　でも、このまま貴人と同様に遇してしまっては、祥《しょう》嬪《ひん》様のお怒りを買うわ。すでに、わざわざ使者を立てて、牽制《けんせい》されたもの」

祥嬪——楼蘭《ろうらん》の名を聞くと、静雅は物憂げに目を細めた。

「……行動のお早い方ですこと」

「元はと言えば、あなたのせいでしてよ、静雅様。あなたの女官が鏡を割ったから、祥嬪様はお怒りになったの」

「けれど、本当のところを言えば、道の往来でぶつかってきたのはあちらでしたわ」

「なら、そこの奴婢がいけないわ。静雅様が大人しくしていれば、丸く済んだ話だったのに、その女が浅知恵を吹き込んだものだから、騙《だま》された祥嬪様が大恥を掻《か》いて、その怒りをこちらにぶつけてきたのよ」

紅香の発言から、案の定楼蘭は「破鏡」で大恥を掻いたらしいと知って、珠麗はにんまりと笑みを浮かべかけた。が、その影響は、思わぬ形でこちらに返ってきているらしい。

「祥嬪様は、『善良なふりをして人を陥れる悪党は、近くに置かぬ方が身のためですわ』と仰ったの。わかる？　そこの女を殿内に入れたらただじゃ置かないということよ。お得意の教養の部をすでに終えたあなたはいいけど、わたくしが活躍できるのは、明日以降なのよ。ここで祥嬪様の不興を買えば、太監長に根回しされて、女官にまで落とされてしまうわ」

（ああ、そういえば、紅香は画《え》が得意なのだったっけ）

話を聞きながら、珠麗は久々に、後宮の女たちの特技を思い出した。

経典に明るく思慮深い純貴人・静雅に、流麗な画才を誇る明貴人・紅香。そしてたしか、恭貴人・嘉玉は舞が得意だったか。

それぞれ技芸では上級妃にも並ぶと評された貴人たちであったが、容姿や家格で今一つほかに及ばず、皇帝の寵愛《ちょうあい》も薄かった。

だからこそ、才能に評価の比重が置かれる揺籃の儀に、賭《か》けているのだろう。

そして楼蘭は、この四年でしっかりと、下級妃たちに怯《おび》えられる程度には権勢を誇っているようだった。

「ねえ、嘉玉。奥ゆかしいのは結構だけど、あなたも他人事《ひとごと》じゃなくってよ。この女を追い出さなくては、困るのはわたくしたちなの。協力してよ。そうだわ、いざとなったら太監たちには、祥嬪様に命じられたと明言すればいいのよ」

「で、でも、祥嬪様は、やんわりと忠告されただけで、『追い出せ』とまでは――」

「わかりました」

紅香に巻き込まれた嘉玉が、おろおろと反論したのを、珠麗はきっぱりと遮った。

「では、私、殿内には一歩も踏み入りません」

「珠珠さん⁉」

蓉蓉が驚いたように声を上げる。

しかし、珠麗はそれに構わず、笑顔で押し切った。

「ひとえに、妃嬪様に無礼を働いた私が悪いのです。かの方のお怒りは当然かと。それに皆様を巻き込んでは、私のリョウシンが許しません。お付きの女官も太監もいりませんので、どうぞ私を門前の梨園《にわ》に放り出してください。白泉宮の敷地内と言えば敷地内ですので、これで太監様たちの命に背いたと、皆様が罰を受けることもありません。ご安心を」

ありもしない良心なんて言葉を使ったものだから、歯が浮いて嚙《か》みそうだ。

もちろん珠麗が野宿を願い出たのは、少しでも自由を確保するためだった。

即日での後宮脱走は難しそうだが、少なくとも常に女官に囲まれているよりは、一人でいたほうが、なにかと安心である。

それに屋外なら、植物の節を使って、礼央《りおう》直伝の犬笛も作れる。そうしたら、王都にも少数点在しているという彼の仲間に、連絡を取れるかもしれない。

「そんな……珠珠さんが、このような横暴に従う道理はありませんわ！　だいたい、こんな寒い時期に屋外で夜を過ごそうものなら、すぐに病を得てしまいます。罹《かか》ったのが伝染病なら、即座に後宮を追い出されますのよ」

（その手があったか！）

眉《まゆ》を寄せて言い募る蓉蓉に、珠麗は内心でぺしん！　と膝を叩《たた》いた。

ならばなおさら屋外で過ごして、明日には病を装おう。

もともと、胡麻《ごま》を大量に食べると発疹《ほっしん》が出る体質なので、厨《くりや》にさえ忍び込めれば、偽装も容易だと思われた。

「病を得たなら、それが天命なのだわ、蓉蓉。私のことはいいから、あなたはちゃんと殿内に上がるのよ。あなたには、なんの咎《とが》もない話なのだから」

心配そうにこちらに詰め寄ってくる蓉蓉には、釘《くぎ》を刺しておく。これで正義感を燃やした彼女が「それならわたくしも共に」などとやってこられては、計画が台無しだ。

「珠珠さん……」

「ね、お願いよ。絶対、私のことは気にしないで。大丈夫、これくらい、なんでもないわ」

それは、掛け値なしの事実である。

ここ王都は、直近まで暮らしていた玄岸州《げんがんしゅう》に比べれば、冬とはいえずいぶん温暖で、雪すら降っていない。

梨園には東屋《あずまや》もあるし、寝るときは土をかぶればいいし、しかも土はよく整備されて、虫も蛇もいなそうだ。

そこここに篝火《かがりび》はあるわ、池もあって水は汲《く》み放題だわ、花街から貧民窟《くつ》までを徒歩で踏破した、あの地獄の日々と比べれば、快適すぎて涙が出そうなほどである。

(なんか私、本当に強くなったのねえ。自分で自分を褒めてあげたい気持ち！　だって誰も褒めてくれないから！　すごい！　えらい！　超きもちぃー！)

珠麗はぐっと唇を引き結び、込み上げる興奮をなんとか抑え込んだ。

ここでにやにや笑いだしては、単なる変態だ。

「珠珠さん……」

蓉蓉が、静雅が、嘉玉が、思わしげに。紅香でさえばつが悪そうに、うち震える珠麗を見つめていたことに、そんなわけで、彼女が気付くはずもないのだった。

＊＊＊

しんと冷え渡った月夜、肩に載せていた烏《からす》が、ぴくりと顔を上げたのがわかった。

漆黒の羽に、闇色の瞳《ひとみ》と嘴《くちばし》。その姿は普通の烏よりも一回り以上大きく、尾も、まるで尾長鶏《どり》のように長く、飼い主の肩に流れている。

単なる鳥というよりは、まるで神獣を想起させる、独特な姿であった。

大鳥は大きな声で「カア」と鳴き、ばさりと翼を広げ飛び立つ。

そのまま宙で二回旋回し、再び肩に戻った愛鳥を見て、礼央はぼそりと呟《つぶや》いた。

「珠珠の犬笛か」

ばさ、と翼を打ち付ける音が、その答えだ。

鳥は再び旋回し、その動きで、彼らの今いる山のふもと、美しく整備された都の、とある方向を示す。

礼央は整った顔をあからさまに顰《しか》めると、重い溜息《ためいき》を落とした。

「本当に、そこに連れて行かれたとはな……」

樹々の合間から、その黒い瞳が見つめるのは、延々と続く壁に守られた、広大な城だ。

いや、厳密に言えば、天子がおわす至上の城は眼中になく、その奥の、夜なお灯の絶えぬ、華美な花園を見つめている。

――後宮。

あのおっちょこちょいは、本当に女官狩りに遭って、後宮に放り込まれ、あろうことか、初日の選抜を勝ち残ってしまったらしい。

「律儀に犬笛を鳴らしたところは褒めてやるが……攫《さら》われた道中で、なぜそれをやれなかったんだ、阿呆《あほう》め」

毒づいてはみせるが、おそらく薬を嗅《か》がされたか、両手を縛られたのだろうとは、容易に想像がつく。

「珠珠を連れ帰ったら、あの野郎は豚の餌だな」

人攫いは何人もの人間を介するのが常で、珠珠を最初に市で捕らえた男については、すでに半殺しにしていた。

半分生かしているのは、うかうかと珠珠を奪われてしまった自分への、自責の念を込めてだ。無事に彼女を連れ帰ったなら、願掛けの龍に両目を入れるように、男の処分も完遂させようと決めていた。

（……親父に気取られないようにしなくてはな）

後宮に忍び込むそれ自体よりも、そちらのほうがよほど難問だ。

皇帝のいる本宮に手出ししない限り、鉢合わせることはないだろうが、隣接した後宮で行動を起こすとなると、相応の覚悟がいる。

揺籃の儀を節目として、後宮が現皇帝ではなく、皇太子の管理下に置かれると言うことだけが、救いといえば救いだろうか。礼央の父や仲間は、あくまで現皇帝に忠義を誓い、その身辺を守っているわけだから。

主《あるじ》と仰ぐのは、一生に一人のみ。

その掟《おきて》があるからこそ、皇太子につくかつかぬかの判断は、父ではなく、礼央自身に任されている。

(詩ばかり読んでいる軟弱な優男など、まずごめんだが)

眼下の都を行き交う、米粒ほどに見える人々は、誰もかれも、提灯《ちょうちん》を煌々《こうこう》と照らし、華やかに装っている。往来には活気があり、さすがは天華国の中心地と言えたが、礼央はこの、きらびやかな都というものが、どうにも好きになれなかった。華美な装いはうっとうしいし、なにもかもが迂遠《うえん》で過剰だ。

それは、女性の好みにしても同様である。

﨟《ろう》たけた笑み、香り立つ脂粉、嘘《うそ》と欺瞞《ぎまん》に彩られた柔らかな言葉。

そんなものよりもよほど、「肉が取れたわ、二欠片《かけら》も！」と目を輝かせている姿のほうが愛らしい――。

礼央は、再び短く溜息を落とすと、口布を鼻先まで上げた。

彼の足であれば、山を下るのに数刻も掛からないが、後宮に潜入するとなると、それなりの用意が要る。

「やれやれ」

夜の闇に溶けるように、一言だけぼやくと、それに応《こた》えるように、肩の鳥がばさりと翼を広げた。

＊＊＊

子《ね》の刻近くになっても、あちこちの宮から聞こえる琴や胡弓《ゆみ》の音。

夜気にまぎれて焚《た》いた香が漂い、敷地内に設《しつら》えられた五つの舞台には、練習にやってきた妃嬪《ひひん》たちが列をなしている。

選抜二日目に備え、直前まで努力を重ねる女たちの姿を見て取り、巡回中の武官――郭《かく》玄《げん》と呼ばれる男は薄く笑みを浮かべた。

称賛ではなく、軽蔑《けいべつ》の、である。

「そうまでして残りたいものかな、この檻《おり》に」

呟く声は、低く伸びやかだ。通った鼻筋、薄い唇、切れ長の、けれど甘さを湛《たた》えた瞳。

すらりと精悍《せいかん》な体つきを含め、この男を構成するものは、なにもかもが美しい。

じっと目を合わせて顔を寄せれば、たちまちあらゆる女が倒れ込んできそうなほどに。

けれど彼は、数多《あまた》の女たちに視線を残しもせず、いつもの無感動な笑みを張り付けると、優雅に道を進んだ。

異彩を放つ美貌《びぼう》も、存在感も、意識して気を殺せば、多少は削《そ》ぐことができる。

女たちからの視線を、今の彼は必要としていなかったし、それどころか、幼少時から過剰に憧憬《どうけい》を捧《ささ》げられすぎて、女を疎んじている節すらあった。

武官だけが知る小道を、月明かりだけを手掛かりに難なく進み、やがて敷地内の外れに位置する蔵へとたどり着く。

内務府《ないむふ》が厳格に管理する宝物庫とは異なり、後宮内のこまごまとした調度品やがらくたを、一時的に保管するための蔵である。

出入りするのは、力仕事を任された奴婢《ぬひ》くらいしかおらず、こうした秘密の打ち合わせにはうってつけと言えた。

「やあ、麗蓉《れいよう》」

いかにも巡回の一部であると言うように、堂々と扉を開けてみれば——怪しまれないためには、常に堂々としているのが一番だと彼は熟知している——、相手はずいぶんと待っていたらしく、すぐに拗《す》ねた返事があった。

「遅いですわ、自誠《じせい》お兄様。睡眠時間が減っては、明日の選抜に差し障りましてよ」

怒りを滲《にじ》ませた内容のわりに、声自体はおっとりと上品だ。

「それに、後宮では、その名で呼ばないでくださいませ。禁忌の文字ですし、第一、正体が露見してしまいますわ」

指を突きつけ、悪戯《いたずら》っぽく付け足した少女は——蓉蓉であった。

郭氏、ではなく、自誠と呼ばれた男は、口の端を持ち上げて嘆息した。

「君こそ、僕の名前を間違っているよ。ここでは自誠ではなく、郭玄だ。皇太子の乳兄弟というだけで運よく後宮武官の座を射止めた、郭氏の三男坊」

「皇太子が後宮に潜入するだけでも軽率ですのに、よくもまあ、人数が多く紛れやすい太監ではなく、少数精鋭で注目も集めやすい武官なんかに、扮《ふん》したものですわねえ」

「君だって、公主《ひめ》が女官候補に扮しているのに、よく言うよ。それに、嘘は堂々とついた方がばれないものさ。郭玄は実在するのだし、そちらと入れ替わったほうがやりやすい」

悪びれもなく肩を竦《すく》める兄に、蓉蓉は溜息を落とした。

「玄様も、乳兄弟というだけで、皇太子の影武者を演じる羽目になるだなんて、不運なことですわねえ」

「本人は喜んでいるさ。日々離宮に籠《こ》もって、趣味の詩を書き散らしていればいいのだから」

「あまり上手とは言えないあの詩のせいで、お兄様の評判は大暴落中ですわよ」

「願ったりだ」

軽く躱《かわ》し、自誠は微笑《ほほえ》んだ。

「無能で離宮から離れぬ皇太子、という印象が強いおかげで、僕はこうして、自由に後宮内の情勢を調べられる」

「皇族の男子が住まうのは、本宮か、都外の離宮。結局のところ、後宮からすれば、皇帝とて『部外者』にすぎませんものね」

「ああ。太監を通じてしか把握できない後宮の実態を知るには、潜り込むのが一番だね」

そう。自誠――天華国の皇太子が、中級貴族の三男坊と入れ替わり、武官なんかに扮しているのは、ひとえに、彼自身の目で、後宮を見極めたいとの思いからであった。

儀の直前に潜り込んだのでは怪しまれるとの計算から、四年以上も前から、徐々に頻度を増やしては、武官として後宮に出入りしているのである。

蔵の窓越しにも届く楽の音を聞き取り、自誠はそっと目を細めた。

「妃嬪の『下げ渡し』が伝統となって以来、陛下が年老いてなお、後宮は若い女を延々と受け入れつづけ、肥大化するばかりだ。いくら揺籃《ようらん》の儀を設けたところで、審議を司《つかさど》る太監に権力が集中しただけのこと。才能と忠節のある女ではなく、太監を手なずける財や甘い声を持った女たちだけが、生き残る」

女たちがそうするのは、ある種自然の摂理だ。

処世術もまた、妃嬪に求められる才覚の一つのはずで、それを頭から否定するつもりは、自誠とてない。

しかし、中身が空疎な甘い花は、後宮中にはびこって、この百年でずいぶんと腐敗した。

そしてまた、太監長には権力が集中しすぎた。

後宮から皇帝を操れると、思い上がってしまうほどに。

「花園はしょせん、花園だ。花は人の目を楽しませるために咲くものであって、人を操るものではない。百花の園の持ち主としては、思い上がった管理人も、腐った花も、きちんと見極めて、『整備』しなくてはね」

「お兄様のお考えは承知しておりますし、だからこそこうして協力しているのです。そんな健気《けなげ》なわたくしにまで、冷気を浴びせないでくださいませ」

薄く微笑む兄を見て、蓉蓉は寒さを感じたように腕を擦《さす》る。

麗人というのは、ほんの少し目に力を込めただけで、言いようもない迫力を漂わせるのだから、厄介なものだ。あるいは、生まれたときに都中に瑞雲《ずいうん》がかかったと言われるこの兄が、特殊なのかもしれないが。

自誠の異母妹、そして公主《こうしゅ》として、多少は耐性のある蓉蓉は、軽く咳払《せきばら》いをすることで、なんとかその威圧から逃れた。

「さて、そんなお兄様に、早速ご報告ですわ。仰《おっしゃ》るとおり、太監長を中心とした後宮の腐敗は随分と進行しているようです。本日見た限りでも、彼に賄《まいない》を贈って選抜を進んだ妃嬪が十名ほど。選抜内容を事前に聞き出そうとした者がもう十名ほど。中でも、祥嬪はしっかりと太監長と結びついて、権勢をほしいままにしております」

お気に入りの少女を巻き込まれた苛立《いらだ》ちも込め、蓉蓉は祥嬪の名をあえて出した。

「祥嬪は本日、教養高さで知られる純貴人に、あえて自分の鏡を割らせ、悪評を立てようとしたようです。さらには、やり返されたのを理由に、画が得意な明貴人をも牽制《けんせい》してきました。折しも明日は、画才の競い合い……あるいは彼女は、選抜の内容すらも、すでに聞き出しているのかもしれません」

「彼女も入内《じゅだい》したばかりの頃は、奥ゆかしかったのに、毒殺されかけてからは、ずいぶんと攻撃性を露《あら》わにするようになったね」

さらりと「毒殺」などと不穏な言葉を吐く兄に、蓉蓉は軽く眉《まゆ》を寄せた。

「……後宮は、ずいぶん殺伐としてしまいましたのね。わたくしが十の年で離宮を賜り、ここを出ていくまでは、お皇后様《かあさま》も妃嬪様方も協力し合う、穏やかな場所でしたのに」

「ここが殺伐としてなかったときなんてないさ」

「ですが、お兄様が潜入しはじめてすぐのころは、『意外に愉快な場所だった』と笑いながら仰っていたではありませんか。女たちは、争いもせず楽しくやっていると」

蓉蓉が反論すると、自誠は口の端を歪《ゆが》めた。

「……愛らしい豚がいたんだ」

「え？」

「あんまりの愛嬌《あいきょう》に、周りの毒気が抜けてしまう、愛玩動物がね。それで後宮も穏やかだった。でもそれも、ほんのわずかな期間のこと。その豚も、結局は野心に溢《あふ》れ、権力に媚《こ》びへつらう雌豚の本性を晒《さら》して、追放された。やはりここには、その手の女しかいないのさ」

女性を躊躇《ためら》いもなく「雌豚」と呼んでしまえる兄を前に、蓉蓉は天を仰いで嘆いてみせた。

「……大当たりですわよ、珠珠さん」

「なんだって？」

「いいえ、なんでも。それって、『白豚妃《しろぶたひ》』のことですわよね」

溜息《ためいき》をつきながらごまかす。有能な兄を尊敬はしているが、この根深い女性不信は、どうにかできぬものかと悩んでいた。一度彼に心を開かせ、その後裏切ったという白豚妃とやらを憎んでしまうほどだ。

四年ほど前までは、擦り寄ってくる女性に関心を持たぬ代わりに、ここまで蔑《さげす》みもしなかったはずなのに、今や彼の女性観は氷のように冷え切っている。

だが蓉蓉は、まさに今日、それを解決する希望の星を見つけたのであった。

「ですがお兄様、世にはそんな女性ばかりではありませんわ。わたくし出会いましたの。強烈な光を放つ、素敵な女性に。珠珠さんですわ。お兄様も今日、惹《ひ》きつけられたでしょう？」

楽しげに語る蓉蓉の瞳《ひとみ》が、月光を弾《はじ》くようにきらりと光る。

彼女はときおり、こうした瞳をするのだった。

人の真価を見極め、石礫《せきれき》の中からでも玉を見出《みいだ》す――そんな、公主の中に稀《まれ》に発現する、「見玉《けんぎょく》の才」を発揮したときの姿であった。

「姿は麗しく、教養高く、その魂は天に座す月のように円《まど》か。わたくし、彼女を一目見た途端、厳しい水で磨き抜かれた、真っ白な珠《たま》を思い浮かべましたのよ。間違いなく、彼女は龍玉となれる逸材です。ほかのなにを措《お》いてでも、いち早く掌中に収めなさいませ」

珠珠と名乗る少女の姿を思い出して、蓉蓉はうっとりと目を閉じた。

頭抜けた美貌、掠《かす》れて密《ひそ》やかな声、そして貞淑さに満ちた言動。

彼女が優れた教養をもって、下級妃の窮地を救ったことも、その後純貴人本人から詳しく聞き出した。

静雅もまた、祥嬪の横暴を凛《りん》として受け止めた少女の姿に、いたく感動していたのだ。

だが自誠は、少女の魅力を否定しないまでも、訝《いぶか》るそぶりを見せた。

「教養高さと美貌は認めるが、なぜ彼女はそれを隠そうとしたんだろうね。本人は『自分ごときではふさわしくないから逃げようとした』と言い張っていたが、やたら嚙《か》んでいた。怪しいとは思わないかい？」

「いいえ、ちっとも。きっと、郷里に思い定めた相手がいるのでしょう。けれど既婚ではないから、強固には言い張れなかった。わたくしたちにとっては幸いですわね」

もし蓉蓉の発言を聞いていたら、珠麗は地に崩れ落ちていただろう。

その設定なら自然だったし、既婚者だと言えば放免されていたのにと。

だが、あまりに色恋から離れていた彼女にその発想はなく、すべては手遅れだった。

「もっとも、結婚していたとしても、戸籍をいじればすむ話ですけれど」

ついで蓉蓉は、花が綻《ほころ》ぶようにふんわりと笑う。

彼女はその穏やかな佇《たたず》まいとは裏腹に、欲しいものはなにがなんでも手に入れる、まさしく皇家の女なのであった。

(いずれ珠珠さんが、わたくしの義姉《あね》となったなら、どんなに楽しいでしょう)

従順で温厚な人間などつまらなくて、風変わりだったり、こちらの意表を突く人間にこそ、そそられる。その気質は、さすが兄妹《きょうだい》と言うべきか、自誠とそっくり同じである。

なので、彼女はにっこりと笑みを浮かべ、美貌の兄へと向き直った。

「引き続き、わたくしは後宮の内側から、誰がどの程度、腐敗に関わっているのかを調べてまいりますわ。ですから、その褒美として、お兄様。わたくしと賭《か》けをしませんか?」

「賭けだって?」

「ええ。珠珠さんは、自分が後宮に残れるかどうかは、天命次第と仰っていました。逆に言えば、彼女が選抜に最後まで残ったなら、それは天の意志です。そのときには、どうか彼女を上級妃に立て、世には素晴らしい女性もいるのだと、認めてくださいませ」

「それはもちろん、優秀な女性なら、取り立てることもあるだろうね。心根が善良かどうかは別問題として」

眉を上げてみせた兄を、軽く睨《にら》み付ける。

「女性は、欲望を競わせ合い、種を孕《はら》むだけの無力な生き物ではありませんわ。きっと、お兄様と対等に渡り合い、ときに守ってさえくれる女性がいるはずです」

「おお、怖い。巫女《みこ》の化身と言われる公主に睨まれては、かなわないな」

まったく怖がっていないような素振りでそう告げて、自誠は妹へと尋ねた。

「では、君が賭けに敗れたときにはどうするんだい？」

「わたくし、負ける賭けはしませんの。大丈夫、すぐに珠に夢中になって、おろおろとそれを追い回す龍の姿も視《み》えましたもの。せいぜい足腰をお鍛えになって」

ふん、と不機嫌に鼻を鳴らすと、蓉蓉は踵《きびす》を返す。

「そうだ、貴人用の新しい衣を一着手配してくださいな。至急ですわよ」

そして去り際、振り向いて指を突きつけると、扉を叩《たた》きつけるようにして、蔵を去った。

＊＊＊

さて、翌朝である。
卯《う》の刻——選抜二日目の開始を告げる銅鑼《どら》の音を聞きながら、珠麗は荒《すさ》みきった目をして、広間から見える梨園《にわ》を眺めていた。

(どうして……こんなことに)

犬笛の工作に勤《いそ》しみ、土と枯れ葉の寝床でしっかりと睡眠を取ったところまでは、予定通りだったのだ。

珠麗は土まみれの、どう考えても選抜の場には臨めない状態になったところで、それを言い訳に洗濯場へ向かおうとしていた。

洗濯場には、常時複数の下級女官たちがいる。

彼女たちの一人を襲ってお仕着せを奪い、その足で隣の厨《くりや》に忍び込んで胡麻《ごま》を食らい、あとは元の衣装に戻って大袈裟《おおげさ》に発疹《ほっしん》を訴える、という作戦であったのだが。

「おはようございます、珠珠さん。冷えた土にまみれた衣を着ていては、風邪を引いてしまいますわ。さ、早くこちらにお着替えなさいませ」

その作戦は、朝日を背負って登場した蓉蓉によって、初手から崩されてしまった。

なんと彼女は、いったいどう工面したのか、下級妃用の真新しい衣装を手にしていたのである。

さらにその隣には、心配そうな表情を浮かべる純貴人・静雅の姿もあり、彼女は温かな湯と手拭《てぬぐ》いを用意していた。

「元はと言えば、わたくしを庇《かば》っての行動だったのに、あなたをこんな目に遭わせてしまって申し訳ないわ。これくらいしかできないけれど……せめてあなたを、憂いない状態で選抜の場に連れて行くことで、償いをさせてちょうだい」

「えっ！」

さすがは、公正さと慈愛深さで知られる純貴人である。

珠麗は「償う必要なんてまったくない」「衣も洗濯すればよいので必要ない」と必死に訴えたのだったが、するとなぜか二人はますます奮起してしまい、あれよという間に着替えを強要され、この場へと連行されてしまった。

高くに据えられた反り屋根に、何十種類もの陶《とう》材を並べて磨き上げた、滑らかな床。

壁は北側の一か所にしかなく、残り三方に柱だけ残したこの建物は、広間というより、巨大な東屋《あずまや》とでも表現したほうがふさわしい。

常時は舞楽を披露するための舞台として使用されている場所だが、今はそこに大量の机と椅子、そして書道用品一式が運び込まれ、まるで殿試の会場のようである。

おそらく今日の選抜は、書か画。

いや、用意された筆の種類を見るに、水墨画であろうか。

それを悟って、画が得意な紅香は歓喜の声を上げた。

わざわざ全席を見てまわり、一番状態のよい筆が置かれた席を見つけると、先に座っていた貴人を隣に追いやってまで、そこに腰を下ろす。

一方の珠麗は、一番目立たないと思《おぼ》しき後方の席にさっさと落ち着き、腕を組んで思索に耽《ふけ》っていた。

(なんとかして、今日こそはぶっちぎりの落札を決めないと……!)

考えるのはそればかりである。

ここまでで蓉蓉から得た情報によれば、揺籃の儀では、前日の選抜結果に応じて、朝の時点で一度階位が更新されるらしい。

つまり珠麗や蓉蓉の場合は、昨日の結果を踏まえ、下級妃として選考に臨むこととなる。そこからさらに好成績を収めれば中級妃または上級妃として明日の最終選抜に臨み、そこで再び好成績であれば、新皇帝の承認のもと、その地位が確定する。

逆に、今日の成績が振るわなければ、一度女官候補へと後退し、さらに明日の選抜でも失態を重ねれば、城外につまみ出される例もあるのだという。

ほかにも、儀式を妨害したり、太監や武官に対してあまりに不敬な態度が見られたりした場合には、その時点で選抜から外されるとの話だった。

それだ、と珠麗は思った。

(手を抜いて、ちまちま評価が下がるのを待っていては時間がかかる。どうせやるなら、不敬の上にも不敬、ぶっちぎりの悪評を獲得して、素早く後宮から追い出されてやる……!)

ちょうどそのとき、会場に不備がないかを点検していた郭武官と視線が合う。

彼はにこやかな笑みを浮かべると——あちこちから、女性たちの恍惚《こうこつ》の溜息が聞こえた——、反射的に顔を顰《しか》めてしまった珠麗のもとへと近付いてきた。

「やあ。今日は逃げなかったんだね、感心感心。そうだ、貴人候補の蓉蓉殿から申し入れがあったので、太監たちに伝えて衣装をもう一着手配させたよ。その色もよく似合っている」

「まあ、ありがとうございますぅ。感謝に堪えませんわあ」

珠麗は口の端を引き攣《つ》らせながら、なんとか笑みを浮かべることに成功した。

(脱出計画が挫《くじ》かれたのは、あんたのせいか！　ああっ、こんな男に感謝してしまった！口が腐るっ！　全身がかゆい！)

内心では、全身を掻《か》きむしりたい衝動を必死でこらえている。

昨日、あれだけの至近距離で見つめられても正体を気取られなかったため、おそらく彼に正体は見破れまいという、妙な自信が付きつつあった。

恐怖心が薄らげば、残るのは、過去に手ひどく自分を傷付けたことへの怒りと、そして、この場に引き留めようとする行為への苛立《いらだ》ちである。

蓉蓉や静雅が自分に選抜を受けさせようとするのは、あくまで善意からだとわかる。が、この男はそうではあるまい。白豚妃時代に珠麗を構っていたのも、単に、毛色の変わった女にそそられる性質だからだ。本人は「へえ、面白い生き物」とご機嫌でも、巻き込まれるほうはいい迷惑である。

(よくも私の脱出を妨げてくれたわね。その選択、絶対後悔させてやるんだから)

最初は白紙で提出してやろうかと思ったが、それでは「ぶっちぎりの」悪評を獲得はできまい。

どうせなら、思い切り冒瀆《ぼうとく》的な書だか画だかを仕上げてやる。

そしてその標的は、このいけすかない郭武官だ。

(子流しの濡《ぬ》れ衣《ぎぬ》でも追放だったのだもの。武官への不敬程度では、最大でも杖刑《じょうけい》くらいのものでしょ。ふふふ……ここまできたら、あのすかした男をぎゃふんと言わせてから、高笑いして後宮を去ってみせるわ)

方針が決まれば、心も落ち着く。

郭武官が静かに笑って去ってゆくのを見送ってから、珠麗は肩の力を抜き、椅子に座り直した。

右隣の机には蓉蓉、左隣には静雅が腰を下ろしている。

画が得意な紅香は得意満面でひとつ前の席に陣取っていた。

とそのとき、背後がざわついて、会場にいた貴人たちが一斉に立ち上がる。

つられて振り返れば、華やかな衣装をまとった女たちの一団が、しずしずと広間へと入室しているところだった。

嬪《ひん》たちだ。

嬪の座は九人分あったはずだが、今代皇帝との間に子を生《な》した者や、高齢の者が除かれた結果、やって来たのは三人だけだった。

やはり嬪ともなると年嵩《としかさ》の女性が多く、年齢規制に引っ掛からなかった者でも、なかなかの熟女揃いだ。

そんな中で、若々しい白い頬と濡れたような黒瞳《こくとう》を持つ楼蘭は、際立って美しく見えた。

「嬪の皆さまにご挨拶《あいさつ》申し上げます」

「ごきげんよう」

下級妃である貴人たちが揃って机を離れ、通路で頭を下げる中、嬪たちは女官にわざわざ花道を作らせ、ゆったりと最前列へと向かった。

四人の上級妃たちは皆、子を儲《もう》けているため、こたびの儀式には参加しない。

つまり、今、最前列に座った三人の嬪たちが、現在の後宮における最高位と言うわけだ。

貴人たちはじっと頭を下げ続け、嬪たちが完全に腰を下ろすと、ようやく自席に向き直り、着座する。珠麗もまた、楼蘭の後ろ姿を見守りながら、腰を下ろした。

(素通り、か)

一瞥《いちべつ》すらなく通り過ぎていった楼蘭に、つい、口元を歪《ゆが》めた。

すでに破鏡の件で、恨みは買っている。だがそれを露《あら》わにしないだけの計算高さを、彼女は持っているのだろう。

そしてそんな彼女に、珠麗はどんな感想を抱くべきか、よくわからなかった。

絶対に気付いてほしくないような、いや、胸倉を摑《つか》み上げて詫《わ》びろと迫りたいような。

逃げ出したいような、睨み付けたいような、入り乱れた気持ち。

恨むのが普通だろうという気もしたが、追放後の四年があまりに濃密で、すっかりそうした感情も、遠ざかってしまっていた。

自分が彼女にどんな反応を期待していたのかも、よくわからない。

（……きっと、楼蘭も、私なんて覚えてもいないかもね）

踏まれたほうは覚えていても、踏んだほうは覚えていないというのが、世の常だから。

珠麗は小さく溜息《ためいき》を落とすと、気持ちを切り替えた。

とにかく、今はこの場から脱出することだけを考えねば。

「それでは、これより揺籃の儀の二日目を執り行う。昨日の教養の部に引き続き、本日は技芸の巧拙を競う。用意された筆と墨を用い、自由に、心に浮かぶ情景を描きなさい」

太監長の言葉を契機に、女たちが一斉に筆を手に取った。

刻限は、上座の卓に据えられた香が燃え尽きるまで。その間に、「心に浮かぶ情景」をありありと描く。

題材が自由、ということは、なにを題材とするかもまた審査の対象になるということだ。用意されているのは、上質な正紙が一枚と、雑紙が一枚。雑紙は墨落とし用だろう。ちらりと視線を走らせれば、女たちはそれぞれ目を閉じて構図を考えたり、立ち上がって勢いよく筆を走らせたりと忙しい。

珠麗もまた、真剣な顔で考えた。

郭武官をここぞとばかりに貶《おとし》めるには、どんな内容がよいだろう。

（……艶画ね。それも男色の）

すぐに心は決まった。

郭武官の顔をした男が、ぐっちょぐちょに乱れているところを、ありありと描いてやろう。相手役は太監長で決まりだ。

役職の成り立ち的に、男性の憧《あこが》れの職である後宮武官は、太監たちを見下していることが多い。それが、見下している太監に自分が襲われているとなれば、いったいどれだけ屈辱的に映るだろう。

太監長の袁氏《えんし》も潔癖症な一面が見え隠れするから、艶画に登場させられるだけで激怒するかもしれない。けれど皇族を馬鹿にする内容でもないので、極刑にはまずならないだろう。

大変よい塩梅の趣向だ。

(期せずして、めっちゃ楽しいんですけど!)

珠麗はにこにこして筆を取った。

幸か不幸か、自分にその手の経験はないものの、花街では太陽を仰ぐより頻繁に、男女を問わぬ色事の現場を目の当たりにしてきた。

その後貧民窟《くつ》で、絵や貨幣の贋作《がんさく》に携わってきたために、絵の技巧もかなり磨かれたと自負している。

練習も無しに正紙を広げ、まずは主要な背景を描き込んでいると——大胆に、後宮内の梨園《にわ》を舞台にしてみた——、机の間を巡回していた郭武官が、手元を覗《のぞ》き込んできた。

「へえ、迷いのない筆運びだね」

「恐縮です。なにやら、自然と光景が目に浮かぶようで。天の意志かもしれません」

見てろよ、今に絵の中で、あんあんヒイヒイ言わせてやる——。

どす黒い笑みが浮かびそうになるのをなんとか堪《こら》え、視線を逸《そ》らす。

神妙な顔つきの珠麗を、郭武官は「ふうん」と見つめていたが、やがて踵《きびす》を返した。

珠麗はこれ幸いと、画に没頭した。

が、巡回中のほかの太監が紅香の隣を通ったとき、「おや」と声を上げたので、珠麗は再び筆を止めた。

顔を上げてみれば、前席では、紅香が筆を持たぬまま、じっと俯《うつむ》いていた。

「明貴人。いまだ白紙のようですが」

「……その」

紅香はのろのろと顔を上げ、太監の顔を縋《すが》るように見上げる。

その横顔は、少し青褪《あおざ》めているようだった。

「筆が……」

「筆が？」

「小筆が、壊れていて」

おずおずとした申告を聞くなり、太監は不愉快そうに顔をしかめた。

「我々の用意に不備があると？　見たところ、筆先も柄も割れていませんが」

「いえ、不備なんて。ただ、墨を含ませただけで毛が抜けて――」

「本当に、わがままな方」

焦って否定しようとした紅香を、隣からの小さな呟《つぶや》きが遮った。

「その筆がいいからと、わたくしを押しのけてまでその席に着いたくせに、今度はそれに難癖をつけるだなんて。名画を描くには、何度も筆を取り替える傲慢《ごうまん》さが必要ですの？」

先ほど、紅香によって隣席に追いやられた妃嬪《ひひん》である。称号は喜《き》貴人だったか。

彼女の非難を耳にした途端、上座に座す袁氏が、ちらりと紅香を一瞥するのがわかった。

不愉快そうな視線だ。

たぶん紅香も、こうした印象を与えてしまうのを恐れて、筆の件を言い出せずにいたのだろう。

なにしろ、彼女が高圧的に「あなたには筆の良し悪しなんてわからないでしょ」と席を移動させた場面は、多くの太監たちに目撃されているのだから。

「あの、でも、筆が、いつの間にか替わっていて……っ」

「明貴人。曲がりなりにもあなたは貴人だ。そんな言い訳で、儀を妨げようと？」

身を乗り出した紅香を、袁氏が冷ややかに制する。

その瞬間、喜貴人がこっそりと笑みを浮かべるのを見て、珠麗は眉《まゆ》を上げた。

（ふうん）

喜貴人は、気付かれぬ程度にちらりと、けれど媚《こ》びるように、前方の楼蘭に視線を送る。

楼蘭は、いかにも騒動が気になって振り返っただけ、という感じを装いながらも、その視線を受け止め、わずかに目元を和ませた。

ついで、紅香を責めている年若い太監と、無表情で控えている夏蓮《かれん》にも、満足そうな一瞥を向ける。

ごく微細な、企《たくら》みの気配。

（なるほど？）

おそらく喜貴人と太監には、楼蘭の息が掛かっているのだ。

まず太監はあの席にだけ上等な筆を用意し、喜貴人は紅香を誘導して、大げさに騒ぎ立てながら席を譲った。

そのうえで、楼蘭たち嬪が入場した際——つまり、下級妃一同が席に背を向けて頭《こうべ》を垂れている間に、夏蓮が筆をすり替えたのだ。

珠麗はほかの嬪たちと違って、深々とは頭を下げていなかったから、夏蓮が花道を作りながら、紅香の机に近付くところまでは目にしていた。

紅香が粗悪な筆で画の質を落とせば、有力な敵が一人減る。

筆の交換を申し出たところで、それを責め立てて悪印象を残すことができる。

楼蘭らしい、迂遠《うえん》で、嫌らしい手と言えた。

(好きよねえ、ねちねちやるのが)

すっかり貧民窟流に染まった珠麗からすれば、楼蘭のやり口はまどろっこしいが、それでも確実に成功させ、敵意を周囲に悟らせないのが、彼女の手腕の高さなのだろう。

(私なら華々しく行くけど)

だいぶ完成に近づいてきた艶画を前に、珠麗はふふんと鼻を鳴らした。

郭武官たちを怒らせたいだけなので、べつにこれ以上精度は上げなくてもいい。

さあ、あとはどうやって時間を潰《つぶ》そう、と椅子に背を預けたら、前席の紅香はまだ俯いていた。

(んもう、打たれ弱いんだから)

日頃威勢がいいくせに、ちょっと逆境にさらされると、途端に萎縮《いしゅく》してしまう。

元妹分の相変わらずの姿に、珠麗は軽く嘆息した。

それから、考える。

選抜が始まってから他人と筆を取り替える行為は、不正受験のほう助であり、明らかな違反だが――だからこそいいかもしれない。

ほかの妃嬪候補者たちは、紅香から目を背けるようにして、各々《おのおの》の画に没頭している。

珠麗は武官や太監に見つからぬよう、細心の注意を払うと、伸びをする振りをして、そうっと小筆を前の席に投げ入れてやった。

紅香が驚いて振り返るのを、視線で制す。

妹分は小筆を握りしめて、しばし身を震わせると、一度だけこくりと頷《うなず》き――そしてようやく、筆を走らせはじめた。

(よしよし、頑張ってよ)

ぜひ紅香には、楼蘭の鼻を明かしてもらいたいものである。

ご機嫌になった珠麗は、今度こそゆったりと椅子にもたれかかった。

後は、追放の瞬間を待つのみ――。

――ばさばさばさ!

とそのとき、開け放たれている広間の一方から、荒々しい羽ばたきとともに、一羽の烏が飛び込んできた。

真っ黒な、異様に尾の長い烏《からす》である。

「きゃあっ！」

「か、烏!? こんな尾が長い烏、見たことがないわ」

「なんて大きい……！」

烏とはいえ、翼を広げれば犬ほどの大きさ。しかも風を切る速度で飛ぶとなれば、かなりの脅威である。

その勢いと獰猛《どうもう》な姿に、女たちは悲鳴を上げて立ち上がった。

「一同！　捕獲を！」

「はっ！」

即座に反応した郭武官の鋭い命に従い、ほかの武官や太監たちがあたふたと動き出す。が、素早い動きを、剣だけでは封じられず、また、妃嬪たちの前で短刀を投擲《とうてき》するわけにもいかなかったため、結局は捕縛というより、追い払うのがせいぜいといった格好になる。

烏は人間たちを翻弄するように会場中をゆったりと旋回すると、ふいに興味を失ったように、自ら広間を出て行った。

「追え……！」

「いえ、太監長殿。あの速さでは追うだけ無駄でしょう。それよりも、妃嬪の皆さまにお怪我がないか確認を」

儀を妨げられて怒り心頭に発する袁氏を、郭武官は冷静に諭す。

太監たちがおろおろとした様子で、妃嬪に安否を問うと、女たちはようやく胸を撫《な》でおろし、「無事ですわ」「問題ございません」などと答えはじめた。

(小黒《しょうこく》……!? どうしてここに!?)

いや、会場でただ一人、珠麗だけが、いまだに興奮の冷めやらぬまま、鳥の消えた方角を目で追っていた。

あの大きな体に、長い尾。なにより、人を小馬鹿にした飛び方。

間違いなくあれは、礼央の飼っている小黒だ。

(昨夜鳴らした犬笛に、早速反応してくれたってこと!?)

王都にも賊徒《チンピラ》仲間が散らばっているとは聞いていたが、まさか本当に連絡が取れるとは。

いや、礼央にしか懐かない小黒が来たということは、これはもしかして、礼央本人が王都まで駆けつけてくれたのではないか。

(うそ！　礼央が？　わざわざ、自ら？　信じられない！)

守料の取立ては厳しいし、日頃意地悪な発言ばかりする彼だから、なんとなく今回女官狩りに遭った珠麗のことも「阿呆《あほう》が。自分のケツは自分で拭《ぬぐ》え」くらいに思われているのかな、と考えていた。

だが、そういえば彼は、意外に優しいところもある男なのだった。

(礼央が来てくれたなら、もう大丈夫)

一気に気分が浮上し、うきうきと席に腰を下ろす。

と、そのときカサリとなにかが袖《そで》に触れ、珠麗は目を瞬《しばたた》かせた。

小さな紙片。あの恐ろしく賢い鳥が、そばを通り過ぎる瞬間に落としていったのだ。

つまりこれは――助けを求める犬笛に対する、礼央からの返事。

(すごいっ、抜かりない！　さすが礼央！　もしかして、待ち合わせ場所の指示とか!?　それとも、脱出のための作戦とか!?)

そう、貧民窟の長である彼は、いつだって千里眼を持っているかのような、頭抜けた想定力と指導力を発揮するのだ。

小指の先にも満たぬほど小さく折りたたまれている紙片だが、手先が器用な礼央や珠麗ならば、そこにびっしりと文字を連ねることができる。

(きっと、素晴らしい作戦を授けてくれるに違いないわ！)

人目を気にしつつ、いそいそと紙片を開いた珠麗は、しかしそこで、ぴしりと固まった。

――守料倍増。

なぜならそこには、怒りを感じさせる荒々しい筆跡で、たった四文字が書かれていたのだから。

「ひ……っ」

珠麗は上ずった声を上げかけて、辛うじて踏みとどまった。

そうだった。彼は意地悪に見えて世話焼きで、けれどやっぱり、身内でも一切手加減をしない、厳しい男であった――！

（ま、まずい！　倍!?　ただでさえバカ高い今の額の、倍……!?）

どっと冷や汗が噴き出る。

そうとも、なにが「助けにきてくれた」だ、今の自分は、彼にとって、守料の支払いを踏み倒している馬鹿女にすぎないのだ。

都まで来てくれたのは、さすがに取立てのためではないと信じたいが、少なくとも、このまま脱出を彼に頼ろうとするのなら、相応の「迷惑料」を求められることだろう。

以前から彼には、「守料は体で払ってくれてもいい」と言われている。

これがほかの男なら性的な要求かと思うところだが、なにしろ相手は、なにかにつけ珠麗を嘲《あざけ》り、しかも眉《まゆ》一つ動かさずに敵の手足を切断してしまえる男だ。

間違いなく、臓器売買的な文脈で解釈すべきだろう。

処女の内臓は、漢方薬の原料として、それなりに価値がある。

（い、いえ、この顔も美人だとわかった今となっては、案外、字面通り、肉体的な奉仕でもいけたり……いや、ないな！　絶対ないわ！）

考えてみれば、すでに礼央は珠麗の素顔を知っているのだった。

知っていてあの塩対応なのだ。

というかそもそも、自分の色仕掛けへの適性の無さは、四年前に郭武官によって証明されているのではないか。

（悠長に艶画なんか描いてる場合じゃ、全然なかった……！　ど、どうしよう、ちょっとでも金策を講じておかないと）

珠麗は血走った目で、さりげなくあたりを窺《うかが》った。

ひとまず、この下賜品の衣装は遠慮なくもらっていこう。東屋《あずまや》に残してある、泥の付いたほうの衣装もだ。

あとは、支給される食事の中で、保存が利きそうなものは、蓄えておこう。宝飾品や調度品は――さすがに盗むのは難しい。

この質のよさそうな筆や硯《すずり》は、いくらか金子になるだろうか。

ああ、なぜ、高級な正紙に真っ先に描いてしまったのか。

（待って、落ち着くのよ。物は持ち出せなくても、技術を持ち出すという手もあるわ）

そのときふと天啓が降りて、珠麗は瞳《ひとみ》を輝かせた。

そう、なにも、金品だけが財ではない。

確実に稼ぎに繋《つな》がる技術を持ち出せれば、そこで生まれる対価を、支払いに充てることができる。

珠麗の貧民窟《くつ》での主な稼業は、裏釆《りかん》の作成や、絵や書の贋作《がんさく》づくりであった。

もともと上流階級の生まれで、しかも花街で美的感覚を磨き上げた珠麗の作品は、細部まで本物によく似ていると、高く売れたのである。

そして今、この場には、国宝級の文化財がそこら中に転がっていた。

たとえば、上座に掛けられた扁額《へんがく》の書。さりげなく置かれた壺《つぼ》に描かれた画。掛け軸。彫刻。

それらをすべてこの目に焼き付け、再現できたなら。

（よし……！）

珠麗は、先ほどの比ではない気迫を漲《みなぎ》らせ、筆を手に取った。

雑紙に、まずは、扁額に書かれた書を正確に写し取ってゆく。

文字は「常映雪読書《じょうえいせつどくしょ》」――雪から明かりを取ってでも常に勉学に励め。ちょうど、猛勉強を強いられる科挙受験生たちに大人気の訓示で、贋作でもよく売れるのだ。

撥《は》ねや払いの角度、墨のかすれ具合まで精巧に、まるで本物そのもののように写し取った。

次には、高価そうな壺の画に当たりをつけ、ひたすらその模写に励んだ。

小筆を紅香に渡してしまったため、大筆の毛を指で割り、なんとか細い線を描く。

練習用の雑紙は持ち帰れるのだから、記憶するのは後でいい。

とにかく、正確に再現することだけを、心がける。

（できた！　これを手本として持ち帰れば、そこそこのお金になるはず）

長時間、脇目もふらずに没頭し、次に顔を上げたときには、香が燃え尽きようとしていた。

手際のいい妃嬪《ひひん》たちは、すでに片づけを始め、正紙を太監長に提出しようとしている。

珠麗も慌てて立ち上がり、正紙を摑《つか》んで、提出の列に加わった。

ちょうど前が紅香だったので、小筆を返してくれと囁《ささや》くべく、こっそりと腕を引く。

――ごとっ。

小さな音が響いたのは、その時だった。

「きゃあっ！　硯が！」

ついで、非難がましい声が続いた。

声の主は、先ほど紅香を責め立てた喜貴人である。

どうやら、彼女が通路側に置いておいた硯が、隣を通りすぎた紅香の袖に触れて、床に落ちてしまったらしい。

「なんということをなさるのです、明貴人！　おかげで、わたくしの作品に墨が飛んでしまいましたわ！」

「な……っ、嘘《うそ》だわ！　わたくしは触れていないもの。あなたが落としたのでしょう？」

「まあ、人の作品を台無しにしておいて、詫《わ》びすらないのですか？」

喜貴人は柳眉《りゅうび》を逆立てて怒っているが、珠麗はそこに、紅香に罪をなすりつけようとする、自作自演の匂いをかぎ取った。

なにしろ、彼女の作品に墨はほとんどかかっておらず、むしろ、紅香が手にした画のほうにこそ、端に小さな点が飛び散っている。

(あと、私の画ね……っ)

さらに言わせてもらえれば、珠麗の艶画こそ被害甚大だった。

ちょうど紅香の腕を引いていたために、硯から彼女を庇《かば》う格好になり、画の大半に墨をかぶってしまったのである。

(よりによって、郭武官の悶《もだ》え顔を！)

これにはさすがに、珠麗の顔も引き攣《つ》った。

艶画は表情が一番重要なのに。

服装から、太監と武官だとはうっすらわかっても、個人が特定できない。

どうしてくれる、と身を乗り出しかけたが、そのとき、前方から凛《りん》とした声がかかった。

「厳正な儀の場で、騒がしいですね。恥を知りなさい」

なんと、楼蘭である。

彼女は、嬪の位に恥じぬ優雅な挙措で立ち上がると、紅香を見据えた。

「明貴人。たとえ悪意がなくとも、粗相して他者を妨げたのなら、詫びるべきでしょう」

「で、ですが祥嬪様！　彼女の絵には、ほとんど墨も飛んでいないのですよ。こんなの、言いがかりですわ！」

「では、あなたの後ろの彼女にはどうです？　画のほとんどが墨をかぶっています」

まるで鈴のように美しい声で告げると、楼蘭は珠麗に向かって、憐《あわ》れみの一瞥《いちべつ》を向けた。

「珠珠、と言いましたね。かわいそうに、これでは提出も不可能。一人の人間を落札させて、良心の痛みすら覚えぬなど、とても貴人らしい振舞いとは思えませんわ、明貴人」

「………………!?」

紅香への攻撃はともかく、しれっと珠麗の落札まで話を持っていった楼蘭に、驚いた。

「まあ、可哀想だわ、巻き込まれて落札だなんて……」

「いくら奴婢《ぬひ》出身とはいえ、人を落札させておいて詫びもないなんて、明貴人は女官に落とされたほうがいいのではありません？」

楼蘭のさりげない宣言により、周囲もすっかり、珠麗の落札を前提とした雰囲気になってしまっている。

(いや、世論形成の天才かっ!?)

珠麗は、楼蘭を恐々《こわごわ》見つめながらも、遠慮なくその流れに乗ることにした。

郭武官をぜひ怒らせたかったものだが、罰なく落札できるなら、そのほうがいい。

「落札なんて残念ですぅ。でもこれも天のご意志。仕方ないですよね。いやー、残念——」

「お待ちを」

だがそこに、耳に心地よい低音が響いた。

今度話を遮ったのは、郭武官である。

彼は、一斉に振り返った妃嬪たちの視線をこともなげに受け止めると、冷静に指摘した。

「見間違いでなければ、硯は、喜貴人ご自身の手に触れて落ちたようです。ここで明貴人を責め立てるのは筋違い。むしろ喜貴人こそ、明貴人と、珠珠殿に詫びるべきかと」

どうやら、彼は、喜貴人の工作を、しっかり目撃していたようである。

(うわっ、相変わらず目ざとい男)

あっさりとその場の空気を掌握してみせた彼に、妃嬪たちは驚きと感心の眼差《まなざ》しを向けたが、珠麗は反射的に舌打ちしそうになった。

本当に、厄介な男だ。

だが、自分は落札されて満足とはいえ、紅香を巻き込むのはさすがに可哀想だった。

それを思えば、彼が空気を読まず指摘を寄越《よこ》したのは、よいことだったのだろう。

反論された楼蘭は、いかにも驚いたように、「まあ」と目を見開いてみせた。

「そうでしたか。それではわたくしも、明貴人に詫びなくてはなりませんね。申し訳ございません」

あっさりと格下の貴人に詫びさえしてみせ、それから彼女は、子飼いのはずの喜貴人に厳しい視線を向けた。

「喜貴人。ではあなたに言いましょう。人一人を落札に巻き込んでおいて、詫びのひとつもなしとは、貴人の風上にも置けませんわ」

「しょ、祥嬪様、ですが……っ」

（うわ、あっさり切り捨てたわよ）

おそらく楼蘭は、紅香を蹴落《けお》とすのに、もはや喜貴人では使えないと判断したのだろう。かつ、珠麗を落札とするのは、決定事項のようだ。昨日の一件で、相当恨まれたものと見える。

（ま、私としては異存ない展開だけどね）

楼蘭の冷酷さに顎《あご》を引きながらも、珠麗は内心でほくそ笑んだ。

相手はしてやったりとの心境かもしれないが、それはこちらの台詞《せりふ》である。落札の空気を作り出してくれたおかげで、珠麗は大手を振って後宮から逃げ出せるのだから。

(ふふん、楼蘭によって死にかけたけど、楼蘭によって生かされもする、っていうのは、因果な話ね)

楼蘭にちらりと皮肉げな視線を寄越してから、珠麗はさっさと話をまとめにかかった。

「私自身はなんら喜貴人様を責めるものではありませんが、私の画がもはや評価に堪えないのは事実でございましょう。これも天のご意志。私はこれをもち、この場を失礼したく存じます」

きっぱりとした宣言に、周囲がざわめく。

女たちは皆、珠麗に同情的な、かといって表立って庇えはしないというような、微妙な表情で囁き合っていた。

蓉蓉と純貴人は「そんな！」と身を乗り出したが、彼女たちには無残に墨をかぶった画を突き出して黙らせる。

どんな事情であれ、画の未完成は受験者の手落ちとされるのは、儀の掟《おきて》だ。

「ふむ、なかなか殊勝な心掛けである。評価を加減してやりたいところだが、そもそも審査の対象となるものがないのでは仕方がない。褒美に多少色を付けてやるゆえ、それで手打ちとせよ」

ちなみに、昨日の罵倒《ばとう》で珠麗のことを嫌っているらしい袁氏は、落札に前向きな様子だ。

一度落札した女を、郭武官の一存で再びねじ込まれたのだから、そのいら立ちもあるのだろう。

　こうして珠麗は、むしろ褒美を多めにもらい、大手を振って後宮脱出を決めたのである。

（やったー！）

　油断すると緩みそうになる頬を気合いで抑え込み、なんとかとぼとぼとした足取りで、机を離れはじめる。が、途中、じっとこちらを見つめる紅香と目が合ったので、軽く微笑《ほほえ》みかけてしまった。

　だめだ、どうしても笑みが零《こぼ》れる。

　自分を叱咤《しった》し、震える唇をなんとか引き結び、無理やり前を向いた。

　後宮の人間がおしなべて薄情だというのは、学習済みだ。

　こうなれば、誰も珠麗を引き留めることなどしないだろう。

　これでようやく、無事に後宮を出られるし、雑紙に仕込んだ絵で、一儲《ひともう》けできる――。

「お待ちください！」

　だがそのとき、通り過ぎたばかりの紅香が大声を上げたので、珠麗はぎょっと振り向いた。

「太監長様、どうかお考え直しください！」

　なんと彼女は、その場に跪《ひざまず》いて、袁氏に請願しはじめたのである。

「こんなの、あまりに理不尽でございます。どうか、彼女の画を審査していただけませんか」

「ちょ……っ」

珠麗は焦った。

いったい、なにを言い出すのだ――!

「紅……明貴人様! おやめください! もう決着のついた話ですよ⁉」

「いいえ。こんな理不尽が、まかり通ってなるものですか」

肩を揺さぶって立たせようとしても、撥ねのけられる。

彼女は、その強気そうな顔をぱっと振り向かせると、まっすぐに珠麗を見つめた。

「わたくしは、あなたに助けられたのよ。あなたが小筆を貸してくれなくては、わたくしは途方に暮れて、落札になっていた。なのに、わたくしは無事で、悪意からも墨からもかばってくれたあなたが落札だなんて、そんなのおかしいではないの!」

(今ここで義俠《ぎきょう》心を発揮しないでえええ!)

思わず頰を両手で挟みそうになってしまう。

そうだった。この妹分は基本的に攻撃的なのだが、弱ったところに手を差し伸べられると、全力で相手に懐いてしまう性質だったのだ。

かつ、そのきっぱりとした性格そのままに、大層正義感が強い人間なのである。

「わたくしは、彼女に小筆を貸してもらいました。けれど、それは不正ではありません。

むしろ、不正な嫌がらせを受けたわたくしを、彼女だけがかばってくれたのです。心根の美しい彼女の画こそ、真っ先に評価されるべきです！　なのに落札など！」

「えっ、ちょ……っ、いやあの、私、落札でも全然悲しくないというか！」

「嘘おっしゃい！　ぎこちない笑みを浮かべたあと、唇を震わせる仕草に、悲しみをこらえる以外の意味があるとでも言うの!?」

珠麗は白目を剝《む》くかと思った。

完璧《かんぺき》に誤解されている。

「その珠珠という女の、心根は評価しなくもないが……」

清々《すがすが》しいまでの啖呵《たんか》を、さすがの太監長も即座には退けられなかったのか、顎を撫《な》でながら思案しはじめる。

珠麗は引き攣った笑みを浮かべながら、墨をかぶった画を引っ張り出した。

「いえ！　いえもう！　お気持ちだけで！　だってほら、肝心の画がこの有様ですし！　どうにも審査のしようがないと言いますか！　ええ！」

「それならば」

必死の説得を遮るように、涼やかな声が響いた。

「特別に、雑紙のほうを審査してはいかがでしょう、太監長殿。見たところ、彼女は筆試しのつもりか、せっせと雑紙にもなにかを描いていた様子。提出の予定であった正紙には及ばずとも、力量を測る手掛かりとはなるでしょう」

(うおおおおおい!)

提案を聞いた袁氏が「それもそうだな」と頷《うなず》いたのを見て、珠麗は心の中で絶叫した。

(郭武官よ、なぜ! あんたは! 呼吸するように滑らかに私を追い詰める!!)

正紙に及ばぬなどとんでもない。

むしろ、雑紙にこそ、全神経を集中させて美麗な画を描き出したのだ。

それに、ここで雑紙を見られてしまっては、宮中の調度品の図案を模写して売りさばこうとしていたと、露見してしまう。

珠麗は冷や汗を滲《にじ》ませながら、袂《たもと》に忍ばせていた雑紙をぎゅっと抱きしめた。

「い、いいえ! 結構です! 帰るまでが遠足、正紙を提出するまでが儀。正紙を清く保てなかった私は、しょせん、それまでの力量だったと言うだけです!」

「ほう、近年稀《まれ》に見る高潔な発想だね。そんな高潔な女性ならば、ますます助けたくなるというもの」

だが、郭武官は愉快そうに口の端を持ち上げ、さらに追い詰めてくる。

「いえ高潔とかではなくて! そ、そうですわ、雑紙への走り書きを、栄えある太監長様のお目に入れるなど、不敬の極み。そのような不敬を、私に犯させないでくださいませ!」

珠麗は矛先を袁氏に切り替え、必死に縋《すが》った。

この潔癖症気味の太監長が、汚らしいものに冷ややかだと知っているからだ。

(それもそうだなと言って！　あんたの高慢さが頼りよ！)

だが、

「殊勝なことも言えるではないか。よい、たしかに私は、後宮を支える身として、品位を旨としているが、雑紙を差し出されて目くじらを立てるほど、狭量な人間ではない」

袁氏がまんざらでもないように頷いたのを見て、珠麗は青褪《あおざ》めた。

(逆効果あ!?)

どうやら謙遜として、彼の自尊心をくすぐってしまったらしい。

「さて、これかな」

「ちょっ」

愕然《がくぜん》としたその隙を突かれ、郭武官にあっさりと雑紙を奪われる。

そうして彼が画を恭しく提出してみせると、袁氏ははっと息を吞《の》んだ。

「これは……」

そこにあったのは、流麗としか言いようのない水墨画であったのだから。

題材は、歳寒三友《さいかんのさんゆう》――つまり、寒さ厳しい冬にも目を楽しませてくれる三つの植物。

寒中にも色褪《いろあ》せぬ、立派な枝ぶりの松と、まっすぐな竹、そして雪の中に花開く梅が、まるで本物を紙の中に閉じ込めたかのように、ありありと、力強く描かれていた。

傍らに添えられた「常映雪読書」の文字もまた、扁額《へんがく》そのものの筆致で、端麗である。

「なんと見事、国宝に描かれる光景にも匹敵する巧みな構図だ」

「いえ……」

それはだって、高値で売れるよう、国宝を精密に真似《まね》たので。

「題材もよい。逆境の冬にこそ美を誇る歳寒三友と、雪の文字を含む書を融合させたか。『雪で明かりを取ってでも常に勉学に励め、そうすればいずれ、歳寒三友のように、多くの者から称《たた》えられる存在となるであろう』。そうした意図だな？」

「いやあの……」

まさか、贋作《がんさく》需要を意識して選びました、などとはとても言えない。

歳寒三友にいたっては、高価な壺《つぼ》に描かれていたのがそれだったから描いただけだ。

「しかも、雑紙でこれとは。いったい正紙にはどれほどの大作が描かれていたのか、まったく、墨をかぶったのが悔やまれるな」

「…………」

むしろ、雑紙こそが最高水準で、正紙のほうはほとんど落書きに等しい。

（なんて、言えないわよ……っ）

真相を告げれば間違いなく怪しまれるわけで、あえてその危険を冒す勇気は、珠麗にはなかった。

幸い、国宝や扁額の模写は「そういう趣向」として受け止められたようだが——後宮に閉じこもった彼らには、贋作売買という世俗的発想がないのだろう——、一つでもボロを出せば、芋づる式に、自分の正体がばれてしまうだろうことは、いかな珠麗でもわかる。

結局、

「珠珠。そなたには甲評価の最上を与える。容姿は麗しく、教養に溢《あふ》れ、画才をも併せ持つとはすばらしい。多少の粗野さは気になるところだが、殊勝な心掛けの片鱗《へんりん》も見える。明日は妃候補《きさき》として選抜を受けるように」

との袁氏の言葉を前に、珠麗は真っ白な灰になるほかなかったのである。


「おめでとうございます、珠珠さん。わたくし、友人として、本当に誇らしいですわ」

自身の提出を終え、席に戻ってきた蓉蓉は、優しげな目をきらきら輝かせた。

「ええ、本当に。画の麗しさ自体も見事だけれど、題材の選び方に教養を感じたわ」

同じく、感心したように頷くのは純貴人・静雅。

「まあ、画の実力では私よりも劣るけど、大筆だけであの筆致を実現したのは見事としか言いようがないわね」

ひねくれた物言いで賛辞を寄越《よこ》すのは、明貴人・紅香である。

紅香はちらっと珠麗を見ると、照れくさそうに視線を逸《そ》らした。

「まあ、あなたがあんな卑怯《ひきょう》な相手に蹴落《けお》とされなくてよかったわよ。よくって、これで借りは返したんですからね」

強気な発言だが、素直な顔つきから、彼女がすっかり珠麗に心を許したのがわかる。おそらく、本当は彼女のほうが珠麗に感謝しているのだ。

紅香は小筆を確保し、墨もかぶらず、見事に甲の最上評価を獲得していた。

明日は妃候補として選抜に進むと言う。

「借りを、返すだなんて、とんでも、ない……っ」

珠麗は机に突っ伏したまま、震え声で応じた。

むしろ紅香の庇《かば》い立ては、借りを返すどころか、恩を仇《あだ》で返す行為である。

(善意なんだろうけど！　その正義感！　全然必要なかったから!!)

心境としては、飼い猫から得意満面にネズミの死骸《しがい》を贈られたかのようである。

まったく嬉《うれ》しくない。けれど、強く叱りつけるのも難しかった。花街で「上の者には絶対服従、下の者は絶対庇護《ひご》」の精神を骨の髄まで叩《たた》き込まれたからだ。

(余計なことをするな、むしろ蹴落とせって、どうしたら怪しまれずに伝えられるの)

珠麗の性分としては、正直に「私、後宮になんかいたくないの！」と訴え出たいところだ。

だが、果たして周囲はそれを信じてくれるだろうか。

いいや、ついさっき、公衆の面前で「身の程を弁《わきま》えて選抜を辞退しかけた女」との印象を与えてしまったばかりだ。これもまた、遠慮と取られてしまうのが関の山だろう。

実際、これまでに何度か蓉蓉にそうした愚痴を漏らしたが、彼女は「またまた」と流すだけだった。

それはそうだ、一般的に考えて、寒村出の娘が後宮で居場所を摑《つか》むなんて、それが女官の座であってさえ、このうえない栄誉なのだから。

(遠慮じゃないって、真剣に訴えればどうかしら……。そうよ、こんな陰謀渦巻く場所にいたくないんです、怖いから故郷に帰りたいって)

だが、この後宮でそれなりに生き抜いている妃嬪《ひひん》たちには、「そんなに心配しなくても大丈夫よ」と笑い飛ばされてしまうだろう。

だいたい、二日連続で楼蘭の陰謀を叩き潰《つぶ》しておいて、いったいどの口が「怖い」などと言えるのか。

(じゃ、じゃあ、もっと踏み込んで、「ここにいたら殺されちゃうから、追い出してほしいの」って、告げてみるとか……?)

珠麗はぐっと拳《こぶし》を握りしめたが、すぐにその考えを振り払った。

自ら正体をばらしにいってどうするのだ。

いくら彼女たちが温かみのある人間だとしても、経緯を洗いざらい白状するほどには信じられない。

後宮の女は、必ず裏切るのだから。

懊悩《おうのう》する珠麗の傍らでは、蓉蓉が「それにしても」と、打ち捨てられた紙を摘《つ》まみ上げていた。すっかり墨を被《かぶ》った、例の艶画だ。

「背景を見るだけでも麗しいとわかるのに、惜しいですわね。天の意志で自然と筆が動く、と郭武官に仰《おっしゃ》っているのが聞こえましたが、なにを描かれていたんですの？　二人の……これは、殿方かしら？」

「ううっ、捨て置いてちょうだい。衝動に逆らえず、調子に乗ってそんなものを描いた私が愚かだったんだわ」

嫌がらせの艶画など描かずに、素直に全部白紙にしておけばよかったのだ。

自己嫌悪に陥った珠麗は、顔を覆って項垂《うなだ》れた。

だから、気付かなかった。

「服から察するに、これは……武官と太監……？」

艶画に目を凝らしていた蓉蓉が、はっと息を呑《の》んだことに。

世俗の垢《あか》に塗《まみ》れぬ彼女が、太監が武官にのしかかる構図を見て、下剋上《げこくじょう》——序列の崩壊や権力の腐敗という、「真っ当な」示唆を読み取ってしまったことに。

（まさか珠珠さんは、太監長の増長と後宮内の序列の乱れを、見抜いているの……？　それで、大胆にもそれを警告しようと？）

蓉蓉は珠麗にありもしない慧眼《けいがん》を見て取り、静かに慄《おのの》く。

（やはり彼女こそは、真実を見抜き、それを諫《いさ》める胆力をも持った、龍玉の器……！）

そこでようやく顔を上げた珠麗は、興奮に頬を赤らめた蓉蓉を見てぎょっとし、慌てて艶画を取り上げたのだった。

「よ、蓉蓉。だめよ、まだ早いわ。軽い気持ちで手を出すものじゃないし、こういうものに触れるには、ふさわしい時期ってものがあるの」

「そう……。今はまだその時ではないと仰るのですね」

「え？　そうね……？　まあ、そう遠くない未来な気もするけれど」

いろいろと早熟そうな蓉蓉を見て、珠麗は首を傾《かし》げる。

男性同士の艶画は、性癖を熟成させた貴婦人方の趣味だが、彼女なら存外あっさりその域に到達しそうだ。

（いやいや、それよりここから先、どうするかだわ……）

逸れてしまった思考を切り替え、今後の身の振り方に頭を悩ませる。

礼央が来てくれた以上、後宮の脱出は容易かもしれないが、ちょっとは自助努力の姿勢も見せておかないと、その後の守料取立てが恐ろしい。

いや、その前に、上級妃候補にまで勝ち上がってしまったなんて知られたら、「やる気あんのか」と見捨てられてしまうだろうか。

（ひとまず、明日こそはなんとしても選抜をサボろう。警備の緩い今の東屋《あずまや》に居座って、そうだわ、仮病計画を……ああ、それにしたって、礼央への金策はどうすればいいの）

思考は千々に乱れ、心は追い詰められるばかりだ。

それゆえに、

「………」

すでに広間を去った楼蘭が振り返り、じっとこちらを見つめていたことにも、やはり珠麗は気付かなかった。

第四章　潰すつもりじゃなかった

ぱりん、と、澄んだ音が響いた。

「まあ、割れてしまいました」

ぽつりと紡がれた声は、まるで鈴の音のよう。

粉々に砕け散った繊細な茶器を冷ややかに見下ろした楼蘭《ろうらん》は、近くにいた新米の女官に、静かに声を掛けた。

「片付けてくださる?」

「は、はい!」

「手を切らぬよう気を付けてね」

添えられた言葉は優しげだが、声には背筋を凍らせるような冷たさがある。

「使用に堪えぬだけでもみっともないのに、後始末をする者の手まで傷付けるのだとしたら、この茶器も、自身を深く恥じるに違いないですもの。そうは思わなくて、夏蓮《かれん》?」

細められた美しい瞳《ひとみ》は、まっすぐに、傍付《そばづ》き女官の夏蓮を射貫《いぬ》いている。

意図を察した夏蓮は、強張《こわば》った顔を上げ、その場に跪《ひざまず》いた。

「……片付けは、わたくしがいたします」

「そう。それがいいかもしれませんわね」

楼蘭が頷《うなず》くのを見て、夏蓮はのろのろと破片を集めはじめた。

黒を基調とした、蓮《はす》の意匠が描かれた茶器。「一目見て、夏蓮のようだと思いましたの」と、仕えはじめてまもなく、楼蘭がわざわざ購入したものだ。

この主人は同様に、それぞれの女官を連想させる茶器を集め、棚に飾っている。新米の女官などは頬を染めて喜んでいたものだが、今になって、その意図を理解したことだろう。

これは、女官たちを罰したり、脅したりするためのものなのだと。

現に、この数年、ずっと棚の上部──「お気に入り」の位置にあった夏蓮の茶器は、淹《い》れた茶を撒《ま》き散らしながら、無残に砕け散っている。

楼蘭は取り落としたのではなく、床に叩きつけたのだ。

それはそのまま、彼女の怒りの深さを物語っていた。

「揺籃《ようらん》の儀も、今日までつつがなく進みましたわねえ」

夏蓮以外の女官をすべて下がらせた楼蘭は、ゆったりと窓辺に歩み寄る。

金糸で編んだ窓紗《そうさ》の外には、ひっそりと夕闇が迫っていた。寵愛《ちょうあい》深き祥嬪《しょうひん》に与えられた瑞景宮《ずいけいぐう》は、夕暮れの光景が見事だ。

「……申し訳ございませんでした」

夏蓮は押し殺した声で詫《わ》びる。

ここで楼蘭の言葉を額面通りに受け取って、「そうですね」などと相槌《あいづち》を打ってはいけないのだと、理解していた。

楼蘭は、「つつがない」状況など求めていなかったのだ。

むしろ掻《か》きまわし、有力な敵を蹴落《けお》とす展開を望んでいた。たとえば教養の部では純《じゅん》貴人《きじん》を、鏡画の部では明《めい》貴人を。

権勢を誇った上級妃たちが軒並み太妃《たいひ》として事実上の「引退」をする中、中級妃である楼蘭の上に、もはや敵はいない。

同じ嬪として残留を狙うほかの二人に対しては、すでにこの四年で、時間をかけて弱みを握ってある。

よって、この揺籃の儀で楼蘭が最も警戒しているのは、才覚を頼りに、彗星《すいせい》のように序列を駆け上がってくる数多《あまた》の下級妃たちであった。

だからこそ楼蘭は、夏蓮に命じ、純貴人に鏡を割ったと言いがかりをつけさせ、明貴人に対しては筆まですり替えさせたのだ。

なのに、どちらも失敗してしまった。

あの、素性も知れない、珠珠《じゅじゅ》とかいう女のせいで。

「喜《き》貴人はまだ粘りましたわ。筆が奪えぬならと、せめて墨をかけて。だというのに夏蓮、あなたはずいぶん素直に、退いてしまいましたのね」

「……私に命じられたのは、筆のすり替えだけかと存じましたゆえ——」

「気の利かないこと」

低い声で申し出た夏蓮を、楼蘭は氷のような声で遮った。

「妹君も、不甲斐《ふがい》ない姉の姿は見たくないでしょう。お墓の下で泣いているのではないかしら」

「…………っ」

弾《はじ》かれたように顔を上げた夏蓮に、楼蘭はそっと、小首を傾げてみせた。

「韋族《イぞく》は、故人を五年にわたって弔うのでしょう。忌明けまであとわずかの今となって、供物も墓の手入れも途絶えるとなれば、妹君も浮かばれませんわね」

「それ、は……」

夏蓮は跪いた姿勢からさらに伏し、額を床にこすりつけた。

「お願いでございます。妹の弔いだけは、どうか完遂させてくださいませ」

「まあ。夏蓮は、叩頭《こうとう》がとても上手なのね。その身に沁《し》み込んだ、完成された姿勢ですわ」

賛辞を装った強烈な皮肉にも、夏蓮は唇を引き結ぶことで耐えた。

韋族。それは、遊牧を生業《なりわい》としていた、砂漠の一族だ。一時は国を興すほどまでの勢力を誇ったが、それゆえに天華国《てんかこく》に滅ぼされた。

男たちは苦役を科され、見目のよい女は、女官として後宮へと召し上げられる。

夏蓮もまた、連綿と続く支配から逃れられず、この後宮にやってきた者の一人だった。

すっかり天華国に吸収され、浅黒かった肌が婚姻を重ねて色を薄めつつある今となっても、韋族の文化は独特だ。

たとえば、誕生と同時に短刀を与えられ、子どもでも巧みに獣を育て、また狩る。

男女とも髪を長く伸ばして編み、一生を捧《ささ》げる相手を見つけたときと、死に際にのみ、それを切る。

定住せずに、天幕を張って砂漠を旅する代わりに、死した後は緑地に堅牢《けんろう》な墓を建て、そこに骨を落ち着ける。

家を持たない彼らにとって、死後に初めて得られる墓《いえ》は、とても重要なものだ。

惜しみなく財を注《つ》ぎ込み、供物を絶やさず、遺体が土に還《かえ》るとされるまでの期間を、手厚く弔う。そうでなければ、魂は砂漠の空に浮き上がり、渇きを癒《いや》されぬまま、永遠にさまよい続けると恐れられているのだ。

額が傷付くほどに深く叩頭する女官に、楼蘭は憐《あわ》れむような視線を向けた。

「本当に、白豚妃《しろぶたひ》様はひどいお方。こんなに妹思いのあなたを騙《だま》して、俸禄《ほうろく》に手を付けていたのですもの。おかげで、本当なら昨年にもあなたは年季が明けていたでしょうに、こうして這《は》いつくばって、後宮に居残るしかないのですものね」

「……どうか、その名は、出さないでくださいませ」

ぎり、と、歯を食いしばりながら夏蓮が告げると、くすくすと笑い声が返った。

「そうね。髪を捧げまでした相手が、病床の妹君にあなたの俸禄を手配するどころか、かすめ取っていただなんて、思い出したくもないですものね」

「………っ」

床に付けていた手が、拳《こぶし》をかたどる。

忌まわしい記憶に触れたとき、自然としてしまう仕草であった。

（もう、うんざりだわ……）

ひたすら叩頭を続けながら、夏蓮は思う。

何度もなぞったその言葉は、すっかり心の中で煮詰められ、まるで呪詛《じゅそ》のようだった。

うんざりだ、なにもかも。

夏蓮が最初に配置されたのは、雑房と呼ばれる、雑役をこなす部署だった。

掃除や荷運びをはじめ、汚れ仕事までをも任される、女官たちからは最も不人気な部署である。

祖先より肌色は薄まったとはいえ、女官たちの中で異色の風貌《ふうぼう》を持つ夏蓮に、周囲の風当たりは強かった。教養も技芸も収めた上級女官であるというのに、奴婢《ぬひ》出身の下級女官同然に扱われ、雑房へと追いやられたのだ。

それでも、ここで稼いだ俸禄は、幼い妹の助けになるのだと思えば、夏蓮に逃げ出す選択肢はなかった。

黙々と、気配を殺すようにして、彼女は働き続けた。

「まあ！　すごいわねえ、あなたって、とっても器用なのね」

風向きが変わったのは、豊喜宮《ほうききゅう》——とある中級妃の宮に、宮外からの付け届けを運んだときのことだった。

白豚妃とあだ名される中級妃が、巨大な塩蔵肉を前に「このままかぶりつけばいいのかしら」と首を傾げていたため、堪《たま》らず手を貸したのだ。

短刀を借りて薄く削ると、それだけで彼女は手を叩《たた》いて喜んだのであった。

「素晴らしいわ！　あなたの手は、美食を生み出す料理人の手ね」

なんということもない言葉だったが、それは、久方ぶりに聞いた賛辞であった。

女の身で刀を操り、獣を狩る夏蓮を、周囲は「野蛮な奴婢」と嘲笑《あざわら》う。けれど白豚妃にかかれば、それは殺戮《さつりく》ではなく、調理なのだという。

「信じられない。切り口が違うだけで、舌触りが全然違うわ。ねえ、こつってあるの？」

「恐れながら、あまり近寄らないでください。……私は、臭います」

「そうかしら？　今この場には、食欲をくすぐる肉の匂いしかしなくってよ」

そのふくふくとした手で、躊躇《ためら》いもなく夏蓮の浅黒い腕を取り、「この細い指先のどこに技術が……」と見入る彼女には、心底驚いたものである。

技術を気に入ったらしい白豚妃が、なにかにつけ夏蓮を指名し、にこにこと菓子を勧めてくるたびに、心が解《ほぐ》れていくのを止められなかった。

些細《ささい》なことでも目を丸くして褒め称《たた》える彼女の前にいると、自分がいっぱしの人間であるように思われて、それが、舞い上がるほどに嬉《うれ》しかったのだ。

白豚妃は、いつも楽しそうに笑っている。

ときどき空気を読まない発言をするし、聡明《そうめい》さには欠けて、周囲の逆鱗《げきりん》を真正面から掻きむしるような真似をしでかすけれど、その愚鈍さすらも愛嬌《あいきょう》に見えて、場を和ませてしまう力があった。

そして彼女は、一度覚悟を決めると、周りが驚くほどの頑固さと大胆さを見せて、意志を叶《かな》えてしまう性質でもあった。

あるとき、夏蓮が色狂いの太監《たいかん》に手籠《てご》めにされそうになっていると知るや、雑房にまで乗り込んで、不慣れな啖呵《たんか》を切り、無理やり自分付きの女官へと引き抜いたのだ。

「こ……っ、この子はね、わ、私の大切なにょきゃんなのよ！　よくって、この子に指一本でも触れようとする不埒者《ふらちもの》がいたら、指一本すら触れさせせないんですからね！」

噛《か》みすぎだし、はっきり言って、意味もよくわからなかった。

けれど、彼女の温かな心だけは伝わってきて、その熱は、夏蓮の全身を満たした。

豊喜宮で仕えはじめたその日、夏蓮は髪を切り、主人に捧げた。

善良でお人よしな主人に、心から尽くそうと思ったし、彼女もまた、病身の妹まで含めて必ず面倒を見ると約束してくれた。

俸禄はすべて前払いに変更し、そのすべてを、夏蓮の妹が身を寄せる集落に届けると。

――けれど、彼女の言葉はすべて、嘘《うそ》だった。

「夏蓮。あなたに残酷な事実を告げなくてはなりません」

あの日、あの身を切るほどに寒い冬の朝、青褪《あおざ》めた顔をした楼蘭は、豊喜宮に立ち寄り、こう告げたのだ。

白豚妃は、子流しの罪で、焼き印を押されて追放された。今後は彼女に代わり、自分があなたの面倒を見る、と。

それまでずっと、太監たちによくわからぬ理由を付けられ、宮に押し込められていた夏蓮は、自分が主人を守れなかったことを悟り、吼《ほ》えた。

あのお人よしな主人は、きっと誰かに嵌《は》められ、濡《ぬ》れ衣《ぎぬ》を着せられたのだと思った。

だが、違った。

「夏蓮！　現実を受け止めて！　あなたの主人は……彼女はね、とんでもない悪女だったのよ……！」

楼蘭がその美しい瞳《ひとみ》に涙を浮かべ、声を震わせたのだ。

「彼女はね、脅されるわけでもなく、自ら罪を認めたの。陛下の寵愛《ちょうあい》を受けるわたくしのことを、心の底から嫌っていたのよ」

声は震え、髪は乱れ、体は今にも倒れそうにふらついている。顔色もひどく悪い。

少なくともその発言のすべてが嘘であるようには、見えなかった。

なにかの誤解があるのではないか。

そう思いつつも、次に楼蘭の取った行動を見て、夏蓮は言葉を失った。

「そしてね、夏蓮。彼女は、あなたのことも騙していた。……見て。これは本来、あなたに渡されるべきだった、俸禄ですわ」

「え……？」

彼女は、室内にあった飾り棚の最上段を引き出し、天板下の空間から、あるものを取り出したのだ。

それは、大量の金子であった。

「なぜ、こんなものが……」

夏蓮の知る白豚妃は、美食には目がないけれど、金銭欲に満ちているわけではない。なぜこんなふうに、隠すようにして金子をため込んでいるのか、即座には飲み込めなかった。

「わからなくて？　彼女は、あなたに払われるべき俸禄に手を付け、私物化していたのです」

「そんな……だって、珠麗《じゅれい》様には、贅沢《ぜいたく》をするご様子なんて……」

「毎日のように届く珍味は、贅沢ではないと？」

それは、白豚妃の父、宝《ほう》氏から送られてくるもののはずだ。

だがたしかに、彼女が投獄されてからぴたりと付け届けは止まっていると、不意に思い至った。普通の父親なら、娘が牢《ろう》に入れられたときにこそ、死に物狂いで物を差し入れようものなのに。

それに彼女は、ときどき夏蓮の目を避けるようにして、こそこそと室に閉じこもっていた。あなたには隠し事なんてしないわ、などと笑う一方で、そうした態度を取ることが、口には出さぬものの、夏蓮にはずっと引っ掛かっていた。

「ですが……だって、俸禄は、妹に届けると……」

「確認ですが、妹君やご親族から、一度でも感謝の手紙が届いたことはあって？」

こちらに背を向け、棚の細工を探りながら尋ねる楼蘭に、夏蓮は黙り込んだ。

そんなものは、届いた例《ため》しがない。だって、本来決まった住居を持たない夏蓮たちには、手紙で意思をやり取りするという文化がないからだ。

だが、そう。

もし本当に俸禄がかすめ取られてしまっていたのだとしたら、病身の妹はとうに命を落としているはずだ。

そうすればさすがに、報《しら》せが届く。一族総出で、墓を用意しなくてはならないからだ。

「…………」

そのとき、棚の奥を探っていた楼蘭が、動きを止めた。

「ねえ、夏蓮。あなたの妹君は、あなたと同じ、癖のある黒髪？」

「え？　ええ……そうです、妹と私は、よく似ていて……」

なぜ今、そんなことを尋ねるのだろうか。

怪訝《けげん》な思いは、次の瞬間に吹き飛んだ。

「これ……妹君の髪なのではなくて？」

楼蘭が、金子を隠していたのと同じ場所から、長く編まれた髪の房を取り出したからだ。

髪は黒く、毛先は強く波打ち、組み紐《ひも》を混ぜた独特の編み方まで含めて、夏蓮のものとそっくりだった。

もしや、かつて自分が捧げた髪ではないかと思ったが、いや、あのとき白豚妃に頼んで、髪は伝統通りに焼いてもらったはずだし、実際、組み紐の色が違う。

それに、数年前のものにしては、髪は変色せず、やけに艶《つや》を帯びていた。

まるで、つい最近切ったばかりのように。

韋族の人間が髪を切るのは、一生を捧《ささ》げる相手を見つけたときか——死したときのみ。

夏蓮はそのとき、目の前が絶望に染まるのを、たしかに感じたのだった。

その後楼蘭は、宣言通り、夏蓮以下、豊喜宮付きの女官を引き取った。

口さがない妃嬪《ひひん》の中には、「これ見よがしの慈悲深さね」「復讐《ふくしゅう》のために引き取ったのではなくて？」などと囁《ささや》く者もいたけれど、少なくとも、楼蘭は夏蓮たちを公平に扱った。

それはつまり、元からいたほかの女官と同様、公平に使い捨てたという意味である。

佇《たたず》まいや口調こそ優雅だが、楼蘭は冷酷な女であった。

誰にも心を許さず、敵や、至らぬ部下は容赦なく切り捨てる。

そうした性質は、生来のものなのか、それとも毒殺されかけたからなのかは、わからない。わからないが、もはや夏蓮にはどうでもよかった。

程度の差はあれ、どうせどの妃嬪も同じなのだ。

微笑《ほほえ》みの下で相手を蔑《さげす》み、弱者はぞんぶんに利用し、切り捨てる。

殺伐とした後宮の中で、白豚妃だけが例外だと思っていたけれど、それこそが幻想だった。結局、まやかしの理想郷が壊れて、現実に戻ってきただけのこと。

（うんざりだわ……）

以降夏蓮は、一層表情を、そして心を動かさなくなった。命じられれば、黙々とこなす。跪《ひざまず》き、慈悲を乞いさえする。

韋族の人間として、少しでも隙を見せれば、すぐに転落が待ち構えているのだと理解していた。だから彼女は、楼蘭の狗《いぬ》と呼ばれるほどに、従順に、粛々と仕事を務めた。

自尊心などとうに擦り切れた。

妹の弔いだけ、無事に済ませられれば、それでいい。

「――もし。祥嬪《しょうひん》様は、ご在室ですかな？」

とそのとき、室の入口付近から声が掛かった。

落ち着きのある優しげな声の主の正体は、すぐにわかる。

太監長《たいかんちょう》・袁《えん》氏だ。

楼蘭が視線で合図を寄越《よこ》したので、夏蓮は破片を掻《か》き集め、無言で室外へと出た。

叩頭《こうとう》で額を赤くした女官には目もくれず、「女官たちの父」であるところの袁氏は、肥えた腹を揺らしながら、ゆっくりと室に踏み入る。

そうして、勧められるのも待たずに、椅子に腰を下ろした。

「やれやれ、次代の花園を整えるための大事な儀とはいえ、疲れましたねえ」

「太監長様の肩に、この広大な後宮全体、ひいては未来の天子《てんし》様の趨勢《すうせい》が懸かっているのですもの。重責のすさまじさ、お察しいたします」

「その通りですよ。美しい玉を選ぶだけならまだしも、石ころに粉を塗りたくり、玉に見せかけるには、なんとも多大な労力が伴うものでねえ」

皮肉げな一瞥《いちべつ》を向けてきた袁氏に、楼蘭は微笑みを揺るがせもせず、簪《かんざし》を差し出した。

「ささやかですが、鏡の代わりに。翡翠《ひすい》は小ぶりですが、金細工が繊細で美しいかと」

「おお、これは見事。重責の疲れが取れるようです」

袁氏は躊躇《ためら》いもせずにそれを受け取り、舐《な》めるような目つきでそれを見つめる。

やがて懐に収め、立ったままの楼蘭に、厭《いや》みったらしく笑いかけた。

「もう少しあなた様が、頭抜けた成績を披露してくださるなら、こちらも苦労しないのですがねえ」

「恐れながら、問答でも画でも、甲の評価に見合ったものは披露できたかと存じますが」

「だが、一番ではない」

やんわりと反論した楼蘭を、袁氏はきっぱりと断じた。

「最上の地位を目指すならば、最上の才覚を示さねば。あなたは美貌《びぼう》、才覚ともに優れていますが、教養では純貴人に、画では明貴人に、今一歩及ばない。そうでしょう？」

それから少し考えて、付け足す。

「厳密に言えば、教養も画も、奴婢《ぬひ》の珠珠とやらが一番だった。つまりあなたは、どの分野でも三番手です。そうだ、珠珠といえば、あの娘、どこかの嬪の嫌がらせを受けて、哀れにも野宿しているそうですね。見かねた女官や太監たちが、密《ひそ》かに彼女に肩入れしはじめているとか。新参者のくせに、人気者ですね。粗野なところもあるが、彼女には魅力がある」

「……」

楼蘭は微笑を絶やさずにいたが、その目がほんのわずか、細められた。

袁氏は、にんまりと意地悪く口の端を吊《つ》り上げた。

「誤解なきよう。私があなたを後宮の頂点に据えたいのは、本心ですよ。あなたは聡明《そうめい》で、芯が強く、なにより分を弁《わきま》えている。あなたが後宮で最も高貴な存在となった暁には、ぜひこのまま協働して、思う様、この花園の蜜を吸い続けたいものです」

「……わたくしを買ってくださっているのなら、あの書状を処分してくださればよいことですのに」

「はっはっは！　あなたが皇后になっても、私を処分しないと確信が持てたなら、そうしますけれどね」

太監長の権限は、強い。太監――妃嬪の世話役という本分をはるかに超え、皇后に迫るほどに。女官はもちろん、貴人、いや、嬪ですら、その権力には歯が立たなかった。

「どうしてもあれを処分しろと仰《おっしゃ》るなら、あなたに差し上げられる階位は、せいぜい嬪止まりですよ。べつに、私としてはそれでなんら、構わないですがねえ。ああ、それとも、流産とはいえ懐妊した実績を評して、特別に太嬪《たいひん》の位を差し上げてもいいですが」

「いいえ」

あからさまに、楼蘭の顔が強張《こわば》った。

「陛下より賜った大切な命を守れなかった女に、そのような褒賞は不要ですわ」

「謙虚な方だ」

袁氏は上機嫌に笑う。

「なにしろ女は謙虚なのが一番。そんな奥ゆかしい姿を見ると、今宵《こよい》も、陛下に示す花札の中には、ぜひあなたのものを入れたくなってしまいますが——」

花札とは妃嬪たちに与えられる名札であり、伽《とぎ》の際には、太監長が並べた花札の中から、皇帝が相手を選ぶ。

本来なら、誰もが太監長の沓《くつ》を舐めてでも、自らの花札をと懇願するところだったが、楼蘭の場合、体調や揺籃の儀を理由に、むしろ断ることが多かった。

袁氏は、青褪《あおざ》めた女の顔を満足そうに眺めると、先を続けた。

「残念ながら、もう揺籃の儀は始まってしまった。今のあなたは、今代陛下の嬪ではなく、次代陛下の妃嬪候補。人倫に悖《もと》る行為はできませんからね。札は載せずにおきましょう」

「……恐縮に存じます」

楼蘭は低い声で礼を取った。

「いえいえ、べつにあなたを恐縮させるために伺ったのではありませんよ。手を差し伸べに来たのです。いつものようにね」

気位の高い女を従順にさせたのが楽しいのか、袁氏は鷹揚《おうよう》に告げる。

「朗報を携えてきました。明日の競技科目は、あなたもお得意な舞のようです。陛下の文《ふ》机《づくえ》に、皇太子殿下が裁可済みの書類が残っていましてね。間違いないでしょう」

「陛下の文机を勝手に検《あらた》めたと……？」

恐るべき不敬を悪びれもなく告げる袁氏に、楼蘭は眉《まゆ》を寄せた。

「さすがに、大胆が過ぎるのではございませんか？」

「とんでもない、私は常に細心の注意を払っていますよ。どうせ陛下は錬丹術に夢中で、些《さ》細《さい》な物の移動には気付かない。本宮の官吏どもの差し金で、私を探る動きもあったようですが、怪しげな動きのある太監は、すべて粛清しましたしね」

何百人と存在する太監の顔と名前を、すべて把握するのは難しい。それゆえに、太監長を狙う政敵は、手下を太監として後宮に潜入させるのが常だった。

だからこそ袁氏は、妃嬪や武官をも差し置いて、太監たちの顔を記憶することを心掛けていたのだ。

「この後宮に、私の目の届かぬ場所などありえません」

楼蘭はちらりと袁氏を見やったが、賢明にも沈黙を守った。

実際、今はそれどころではない。明日の科目が知れた以上、確実に妃嬪の最高位を狙うなら、舞を得意とする敵を潰《つぶ》しにかからねばならないのだ。

楼蘭が狙うのは、嬪の座の維持や、上級妃への昇格ですらなく、皇后の座なのだから。

去り際にも欲深な眼差《まなざ》しを寄越した袁氏に、もう一度金子を握らせ、退室を見守ると、彼女は唇を叩《たた》き、素早く策を巡らせた。

有力な敵に、毒を盛るなどということはしない。あからさまな攻撃は、かえって疑惑を引き寄せるからだ。

攻撃は常に、言い訳の余地を残すべきだし、あくまで相手の意志によって、敵が儀を辞退するのが望ましい。

「夏蓮」

やがて楼蘭は、先ほど追い払った女官を呼び寄せた。

すっかり死んだ魚のような目をした、異教の女。

従順で、陰鬱《いんうつ》な、お気に入りの駒。

「白泉宮《はくせんきゅう》に、差入れをしてくださる？　どうも、昨日のわたくしの忠言が誤解されて、珠珠さんという方を外に追い払っているとのことだから、お詫《わ》びがしたいの。彼女と、白泉宮の貴人たち……特に、神経をすり減らしている様子の恭《きょう》貴人に、上等なお酒を振舞いたいわ」

「お酒を、ですか」

「ええ、たっぷりとね。全身によく回るように。差し入れただけでは、先方も手を付けづらいでしょう。あなた自ら酒杯に注いで、必ず飲んでいただくのですよ」

今回狙うのは、舞の名手と言われる恭貴人・嘉玉《かぎょく》だ。

そしてこの数日、楼蘭の心を掻きまわして止《や》まない、あの女――珠珠。

(なぜなのかしら。彼女を見ると、ひどく胸が騒ぐ)

美しい女だとは思った。

造作自体も整っているが、凛《りん》とした、意志の強そうな瞳《ひとみ》が一際目を引く。

だが、美しい敵というだけでは、楼蘭をこんなにも警戒させるはずがない。

美貌以外の「なにか」が、楼蘭の心を刺激し、暴力的に視線を引き寄せるのだ。

初めて遭遇したときも、広間でも、楼蘭は意識的に無視を決め込まないことには、凝視してしまいそうだった。

(あの空気がいけないのだわ。彼女を中心に広がる、明るい……清らかな空気)

なぜだか、珠珠と名乗る少女がいるだけで、周囲は活気づいてしまうように、楼蘭には思われた。

なにもなければ、大人しい純貴人はきっと楼蘭の前に跪いただろうし、明貴人は俯《うつむ》いて儀を終えただろうに、珠珠が、いともあっさりと救いの手を伸ばすから、女たちは驚き、やがておずおずとその手を掴《つか》み、立ち上がってしまう。

有能な少女・蓉蓉《ようよう》に、純貴人、明貴人、そして郭《かく》武官。

また、同情的な表情を浮かべていた数多《あまた》の女たち。

先ほどの競画の一件だけでも、これだけの人間が、程度の差はあれ珠珠を庇《かば》おうと意志を示したという事実が、楼蘭には受け入れがたかった。

まるで友情や絆《きずな》を信じるような、その態度。

——私ね。あなたのことが大好きなのよ、楼蘭様。

ふいに、耳に心地よい女の声が脳裏をよぎって、楼蘭は顔を強張らせた。

——遠慮なく頼ってちょうだい。友人じゃない。ほら、これは悪阻《つわり》に効くそうよ。

肥えた肢体にふさわしく、いつも伸びやかだった声。

いや、声だけでなく、その心も表情も、彼女はいつも豊かだった。

彼女を中心に、和やかな空気が広がるかのようだった。

「…………っ」

不意に息苦しさを覚えて、楼蘭は窓を振り返った。

美しい夕暮れ。後宮という名の檻《おり》にゆっくりと降り積もる、闇の気配。

あちこちに重苦しく漂うのは、赤黒い、嫉妬《しっと》と敵意の塊。

そう、これでいいのだ。

ここが、楼蘭の住まう場所。

「恐れながら、祥嬪様。私では、お二方の酒席に付き合えるものとは思えません」

とそこに、慎重な様子で夏蓮が声を掛けてきて、楼蘭は我に返った。

見れば、夏蓮は緊張した表情で俯いている。

「私は、酒を飲めぬ体質でございまして、万が一貴人様方の前で粗相がありましたら、祥嬪様の品位を汚してしまいます。お役に立てず申し訳ございません」

彼女がそう言うのは、この国の文化として、酒を注いだ者は注ぎ返され、かつ、必ずそれを飲み干さねばならないからだ。

二日酔いで舞えなくなるほどの酒量を、しかも二人分飲むとなると、酒に強い者だって命が危ぶまれるだろう。

だが、楼蘭はそれを聞くと、天女のように美しい微笑を浮かべた。

「だからこそですわ」

「え……？」

「だからこそ、あなたに任せるの」

茶器が一脚分空いた棚に一瞥《いちべつ》を向けると、それだけで夏蓮は、意図を悟ったようだった。

浅黒い肌からすうと血の気が引く様子を、聡《さと》いことだと見守りながら、念押しする。

「あなたなら、わたくしの品位を汚す真似などしないと信じていますわ。立派な姉君ですもの。間違いなく、先方にはたっぷりと、お酒を召し上がっていただいてね」

粗相は許さない。

けれど妹の弔いを済ませたくば、己は死んでも下級妃に酒を飲ませろ。

含意はしっかり伝わったようで、夏蓮は一度だけ唇を震わせると、やがて平伏《ひれふ》した。

「……承知しました」

妨害も、罰も、あくまで相手の意志によって叶《かな》えられるべき――。

楼蘭は満足し、「ではわたくしは、舞の練習をしてきます」と告げると、室を出た。

「ああ、そこのあなた。内務府《ないむふ》に寄って火酒を運んでくださいます？　夏蓮ひとりでは、運びきれぬでしょうから。太監長には必ず、よろしくお伝えくださいね」

途中、扉脇で跪《ひざまず》いていた年若い下級太監に、声を掛ける。か弱い女官に重い酒樽《さかだる》を運ばせるなど、そんな無慈悲なことを、祥嬪・楼蘭はしないのだ。もっとも、目的の半分以上は、夏蓮の逃亡を許さないためだが。

また、内務府は太監長の管轄であり、彼にさえ話を通しておけば、瑞景宮の女官が火酒を持ち出した事実ごともみ消すのはたやすい。そこまでを抜かりなく計算し、楼蘭はようやく肩の力を抜いた。以降は、明日の選抜に備え、しっかりと舞を鍛えるのみだ。

「……ふうん？　珠珠の話の通り、悪だくみがお好きなお嬢さんのようで」

だが――かしこまって跪いていた、下級太監のはずの男。

磨かれた黒曜石のような鋭い目を持つ男が、楼蘭の背中に向かって、愉快そうに口の端を持ち上げたのには、気付かなかった。

＊＊＊

こんなはずじゃなかった。

その言葉を、昨日から今日にかけて、いったい何度胸の内で叫んだことだろうか。

珠麗は重苦しい溜息《ためいき》を落とすと、夜空に昇りはじめた月を恨めしげに見上げた。

（全っ然、一人になれない……）

白泉宮敷地内、門前の梨園《にわ》である。

今朝がたまで、珠麗が寛《くつろ》いだり、犬笛を作ったりして気ままに過ごしていた東屋《あずまや》に、今は女たちが押しかけ、和やかに談笑している。

「珠珠さん、お茶が入りましたわよ。どうぞこちらにいらして」

「ああ、いい香り。お茶を淹《い》れるのがお上手ね、蓉蓉さん」

「でも東屋じゃ、やっぱり寒いわ。珠珠ったら、いつまでも意地を張って遠慮せずに、殿内に上がりなさいよ。もうあなたを追い出しなんかしないって言ったじゃない」

順に、蓉蓉、静雅《せいが》、紅香《こうか》である。

「本当にそうです……珠珠様は、もはやわたくしどもより、尊い身分なのですから」

遠慮がちながら、恭貴人・嘉玉までもがそう告げたのを聞いて取り、珠麗は虚無の笑みを浮かべた。

（なんで、こんなに懐かれてんのかしら、私）

そう、競画の一件があってからというもの、紅香がすっかり珠麗を気に入り、詫びのつもりもあるのか、しきりと「室内に入れ」と勧めてくるのだ。

「べつに妃嬪《ひひん》の地位が確定したわけでもないのでこのまま東屋に残りたい」と言い訳すれば、「ならば我々も東屋に出る」と主張する始末。

白泉宮の貴人たちと、蓉蓉を巻き込んで、茶道具とともに東屋に突入してきたのである。

おかげで、珠麗はこの場を脱走するのはおろか、厨《くりや》に忍び込んで胡麻《ごま》を手に入れることすらもできず、閉門の刻を迎えてしまった。

夕刻を過ぎれば各宮の門は閉じられ、後宮内を自由に出歩くことも許されない。

（どうするの、どうするの!?　礼央《りおう》はもう近くまで来ているっていうのに！）

もはや脱走自体に困難は感じない。

礼央ならなんとかしてくれるという、妙な確信があった。

だが代わりに、彼に借金漬けにされる恐怖が心を満たす。

このままおめおめと、彼の助けを待っていてよいのか。もっと自助努力すべきではないか。万が一、後宮の妃嬪たちと和気あいあいお茶をしている光景など見られたら、見捨てられる予感しかしない。

いつ小黒《しょうこく》が飛んできて、頭上に糞《ふん》を落とされるものか。

「開門をお願い申し上げます。付け届けの品をお持ちいたしました」

「あ、私が行くわ！」

とそのとき、門の外から張りのある男の声がかかり、珠麗は咄嗟《とっさ》にそちらへと駆け寄った。

少しでも外部に逃げ出す機会を摑みたかったのだ。

「ご苦労様、付け届け？　よかったら私、運ぶわよ。そうだわ、この台車、私が内務府に戻して来ましょうか？」

「いいえ。まさか、今や後宮中が注目する妃嬪候補様に、そのようなことをしていただくわけには──いかねえなあ」

こそこそと小声で交渉を持ちかけたら、思いもよらぬ乱暴な口調で返され、珠麗は驚いて相手を見つめた。

「えっ？」

今さらながら、相手の顔に目を凝らす。

夜闇に紛れてわかりにくいが、通った鼻筋に、切れ上がった目尻《めじり》。

皮肉げな笑みがよく似合う、その精悍《せいかん》な男は──。

「礼《り》……っ」

「おっと、こんなところに羽虫が」

　礼央、と叫ぶ前に、片手で両頬を押し挟まれ、珠麗は「ぶふっ⁉」とタコのように唇を突き出した。

「いや、これはタコだな。おいタコ、堂々と叫ぶな」

　あんまりな扱いである。

　だが、たしかに騒ぎ立てるわけにはいかないと理解した珠麗は、慌てて頷《うなず》き、解放してもらった。

　柱や樹の陰に隠れて、周囲からは見られないようにしているのが、さすがは礼央である。

　珠麗は声を潜め、念のため、荷物について尋ねるそぶりをしながら告げた。

「よくここがわかったわね。笛を鳴らした翌日には太監の姿で現れるなんて、さすがだわ」

「まあな。成り済ますのにふさわしい太監を見極めるのに、少し時間が掛かったが。女官狩りに遭ったこと自体はすぐにわかったし、後宮についてしまえば、おまえはすでに噂《うわさ》になっていたから、わからないもなにもない」

「う、噂に？」

「そう。彗星《すいせい》のごとく現れて、妃嬪に昇りつめようとしている女がいる、と。人気者だな？」

　からかうような口調に反し、目が笑っていない。

蛇に睨《にら》まれた蛙《かえる》の気分を味わいながら、珠麗は尋ねた。

「り、礼央は、助けに来て、くれたのよね……っ？」

「そうだなあ？」

冷や汗を滲《にじ》ませたのが面白いのか、礼央がそっと前髪を払ってくる。

いよいよ追い詰められた心地のした珠麗は、耐えきれず、自ら切り出してしまった。

「ち、ちなみに、ここであなたを頼った場合、守料ってどうなるのかしら……っ？」

「は？」

珍しく礼央が目を見開く。

すぐに、投げ文のことを言っているのだと思い至り、礼央は笑いそうになってしまった。

(俺が書いたとわかって、かつ他人に読まれても支障のない、短文を選んだだけなのに)

要は、意地の悪い冗談である。

礼央は彼女を見ると、ついからかいたくなってしまうのだ。

そして、それを真に受けてしまうところが、この「珠珠」の「珠珠」たるゆえんであった。

礼央は悪戯《いたずら》っぽく口の端を引き上げ、そっと耳元で囁《ささや》いた。

「べつに、体で払ってもらっても一向に構わないが——」

「それはなしで！」

「ああ?」

が、勢いよく遮られ、鼻白む。

「それだけは、絶対に、なしの方向で!」

自身の腕を庇《かば》うように抱いた珠珠が、真っ青な顔で訴え出たのを聞いて、礼央は思わず仏頂面になった。

「――五倍」

「はい?」

「俺の手を借りるというなら、明日から守料は五倍だ。払えないようなら、利息はトイチ」

「ひ……っ」

小さく悲鳴を上げる女を見下ろし、少しだけ留飲を下げる。

わざわざ都まで助けに来てやったというのに、感謝どころか拒絶されるなど、まったく割りに合わない。

「心が決まったら、子《ね》の刻にこの門を叩《たた》け。抜け道はすでに確保した。傷ひとつ付けず、安全に逃がしてやろう。ただし、守料の取立てからは逃げられないがな」

「う、うぅ……っ」

黒々とした瞳《ひとみ》に、じわっと涙がにじみ出す。

この女は、そうした表情が一番愛らしい。

「それなら、いい。じ、自分で、できるところまでは、自分で頑張る……っ」

だが、意外にもあっさり決意を固められてしまい、礼央は身勝手にも相手に憎たらしさを覚えた。

ここにきて、自分を頼らないとは。

ちらりと視線を巡らせれば、礼央に先導を任せていた夏蓮の姿が門に近付いてきている。

礼央は、いかにも太監らしく、恭しい様子で膝《ひざ》をつき、一度会話を打ち切ることにした。

「以上が、この名酒の謂《いわ》れでございます。祥嬪様より言付かりました。以降のご説明は、瑞景宮の女官殿より賜りますよう」

「え、あ……」

唐突に雰囲気を変えた礼央に、珠麗が戸惑ったように目を瞬《しばた》かせる。

やってきた女官に視線を向け、「夏蓮……」と呟《つぶや》いた彼女をよそに、礼央は頭を下げたまま、さりげなくその場を立ち去った。

相手の返事がどうであれ、子の刻には門前に待機しようとは決めている。

だが、せっかく都までやってきたのだから、手土産のいくつかは欲しいところだ。

王都貴族の情報収集に、後宮内見取り図の作成、それから、麗しい調度品の拝借。

やりたいことは多い。

夜空を大きく旋回し、ばさりと肩に降りてきた小黒を軽く撫《な》で、礼央はそのまま、闇に紛れた。

＊＊＊

「瑞景宮が女官、夏蓮より申し上げます。こちらの山極州《さんきょくしゅう》産の上等な火酒は、祥嬪様からの温情でございます。特に、昨日のご発言が誤解されたことで、夜を外で過ごさざるをえなかった珠珠様と、顔色の悪かった恭貴人様には、必ず飲んで、体を温めていただくようにと言付かっております」

白泉宮の門をくぐり、東屋から降りてきた貴人たちの姿を認めるや、淡々と告げる夏蓮に、珠麗は大いに戸惑った。

(夏蓮……？)

内容もそうだが、彼女が夜闇にも負けぬほどに陰鬱《いんうつ》な空気を背負っているのが気に掛かる。月明かりと篝火《かがりび》で照らされた顔に表情はなく、冷え冷えとしていた。

「さようでございますか。祥嬪様のご厚情には御礼申し上げますわ。大切に頂くので、あなたはお帰りになって。祥嬪様にどうぞよろしくお伝えくださいませ」

ほかの貴人たちが、夏蓮の放つ静かな迫力に威圧される中、年長の純貴人・静雅が庇うようにして告げる。

丁寧な言葉遣いから察するに、楼蘭付きの女官というのは、後宮ではそこそこ高位にあたるのだろう。下級妃《きじん》の地位を、上回るほどに。

だが、夏蓮は無感動な視線を静雅に向けると、きっぱりと言い渡した。

「祥嬪様は、珠珠様と恭貴人様に必ずお飲みになっていただくよう、と仰《おっしゃ》いました。この場で、私の目の前で、です」

「そんな……」

恭貴人・嘉玉が、恐怖を滲ませた声で呟く。

それもそのはず、夏蓮が太監に運ばせた酒は、瓶ではなく、大樽《おおだる》いっぱいあった。それも、一口含めば全身に酔いが回り、ひと瓶飲めば大の男すら昏倒《こんとう》すると言われるほどの、山極州《さんきょくしゅう》産の火酒である。

無理に飲ませられれば命も危ぶまれるという点で、毒とほとんど変わらなかった。

「わ、わたくし、お酒は……」

「この火酒は大変上等なものです。このひと樽を用意するのに、あなた様のまとう衣の何倍もの銀子を要する。にもかかわらず、それほどの厚意を無下になさると？　あるいは、毒でも仕込んでいると邪推なさっているのでしょうか。いわれなき理由で祥嬪様を侮蔑《ぶべつ》するとのことなら、太監を呼び、厳正に尋問していただきますが」

「そ、そんなことでは！」

「でしたら、せめて一口なり、口を付けるのが礼儀ではございませんか」

気弱な嘉玉は、この時点で目を潤ませ、震えはじめている。あどけなさの残る小さな顔は、真っ青になっていた。

「さては、妨害ね。明日の科目はきっと舞なのよ。だから舞が得意な嘉玉を狙うのだわ。なんて卑怯《ひきょう》な」

「いけません、紅香様。証拠もなしに非難しては、そこを付け込まれます」

喧嘩《けんか》っ早い紅香が身を乗り出すのを、静雅が潜めた声で制する。

「太監たちにはほとんど、祥嬪様の息がかかっている。ここは、わたくしたちだけで切り抜けなくては」

だが、その顔にも、強い葛藤《かっとう》と苦悩が浮かんでいた。

「僭越《せんえつ》ながら、女官様。酒とは、注《さ》し、注《さ》されるもの。珠珠さんや嘉玉様が召し上がるとなるなら、当然あなた様も、そのぶん火酒を召し上がるのでしょうね」

蓉蓉もまた厳しい顔をして、一歩前に踏み出す。牽制《けんせい》で難を逃れようとしたようだが、

「当然そのように心得ております」

夏蓮に表情もなく受け止められて、続く言葉を飲み下した。

これが祥嬪・楼蘭による妨害工作であること、そして彼女は女官を捨て駒にするつもりであることを、聡明《そうめい》な蓉蓉は、そのやり取りだけで察してしまったのだ。

「あなた様も一緒に召し上がりますか？　私はそのぶんもお付き合いいたします。二人であろうと、三人であろうと、なんら変わらない。どうせ私は、韋族の娘ですから」

それは、しょせん切り捨てられる存在と言いたいのか、はたまた、底なしに酒が強い一族という意味なのか。

吐き捨てるように告げた夏蓮の意図を摑《つか》みかねて、蓉蓉は押し黙った。

「よ、蓉蓉さん。おやめください。これは、わたくしに向けられた『ご厚情』ですので、ほかの方にお飲みいただくわけにはまいりません」

嘉玉は責任を感じたらしく、震える声でそう切り出す。

引き留めるように口を開きかけた蓉蓉に、彼女は弱々しく首を振った。

「元より、舞うしか能のない妓女《ぎじょ》の娘が、この場に残っていることが間違いだったのです。わたくしとて、この境遇に引け目は感じておりました。これも、天のご意志なのでしょう」

「そんな……」

嘉玉は、貴族に身請けされた妓女の娘である。

優れた舞を受け継ぎ、それによって後宮に召し上げられたと言われるが、実際には、正室が愛人の子を追い出した側面が大きく、実家の援助も得られぬ彼女は、後宮でいつも小さくなって過ごしていた。

寵愛《ちょうあい》や名誉栄達にも、彼女は未練がないのだろう。

けれど、戻るべき当てもないからこそ、こうして揺籃の儀を経てでも、後宮に残ろうとしたのだろうに。

そんな、と眉《まゆ》を寄せる一同をよそに、夏蓮は冷ややかに頷《うなず》いた。

「そうですね。祥嬪様は、恭貴人を特にもてなしたいと仰った。ほかの方も召し上がるとなるなら、嘉玉様にはその二倍、召し上がっていただかなければ、私はとんだ不敬を犯したことになってしまいます」

蓉蓉たちが助太刀しようものなら、嘉玉にそのぶん飲ませるということだ。

意図を理解した蓉蓉は、唇を嚙《か》んだ。

庇えるものなら、庇いたい。

けれど、下手を打てば、巻き込まれるだけでなく、事態を悪化させてしまう――そんな思いが、彼女たちに行動を躊躇《ためら》わせた。

「あの！　それなら私から！」

だが緊迫した空気を、やたらと元気な声が壊した。

「私からそのお酒、頂いてもいいですか!?」

珠麗である。はいっと勢いよく挙手した彼女を見て、嘉玉たちは困惑に目を瞬かせた。

「……珠珠様は、お酒が強くていらっしゃるのですか？」

「え？　えーっと、どうでしょうね。強いような、弱いような」

てんで曖昧《あいまい》な言葉を返しながら、珠麗はにんまりとした笑みを必死にこらえていた。

(機会、到来！)

どうにか唇を引き結ぶ。

なんということだ、逃亡策を取りあぐねていたら、楼蘭が鴨《かも》に葱《ねぎ》を背負《しょ》わせて送り込んでくれた。

おそらくこれは、紅香の言う通り、楼蘭による妨害。嘉玉や珠麗を明日の選抜に進ませまいとする工作なのだろう。だが、願ったりだ。

へべれけに酔っぱらえば、選抜をサボる大義名分ができる。

第一、後宮内では、粗相をする女を徹底的に蔑《さげす》む傾向がある。

大勢の前でげっぷを漏らしただけで杖刑《じょうけい》に処された妃嬪《ひひん》がいるくらいだ。酔いついでに盛大に吐きでもすれば、明日を待つまでもなく、今夜の時点で後宮を追放されることさえ期待できよう。

(しかも、山極州産の火酒って、礼央の大好物じゃないの！)

さらに言えば、山極州とは、玄岸州《げんがんしゅう》の隣。寒さ厳しい山極州で造られる火酒は、近隣の州でも冬を越すために愛飲される品で、礼央のお気に入りでもあった。

すでに今年の製造分は買い切ってしまったとこぼしていたから、ここで彼に火酒を献上できれば、確実に機嫌を取れるだろう。

（ふっふっふっ、まさかここで、花街直伝、『袖筒術《しゅうとうじゅつ》』が活《い》きるとは）

そして珠麗には、こうした状況下で酒をこっそりくすねる、特別な技術があったのだ。

袂《たもと》をさりげなく押さえながら、素早く策を巡らせる。

適当に飲んで、以降は火酒を袖《そで》下に溜《た》め込み、相手が音を上げたところであいことすればいいだろう。

夏蓮がどのくらい強いのかは知らないが、袖筒術を使えばいくらでも付き合えるし、長時間になるほど貯酒量は増え、その後の自分の粗相にも説得力が増す。

（たぶん、明日には私のあだ名は『嘔吐《げろ》妃』ね。やだ、うける）

まったく、白豚妃といい、ろくなあだ名がない。だが、それにおかしみを感じて、珠麗は慌てて顔に力を込めた。

「と、とにかく、私も指名されているのだから、私から飲みはじめても、なんら問題ないはずです」

完全には抑えきれず、声が震えてしまったが、よしとしよう。

「そんな、珠珠様……！」

「珠珠さん！」

嘉玉が、そして蓉蓉たちが、血相を変えて身を乗り出してきたが、珠麗はそれを躱《かわ》し、た。


東屋《あずまや》へと足を向けた。

「お茶を一口頂いておくわね」

酔いすぎ防止には、事前の水分補給が肝要だ。かつ、彼女の目当ては、もうひとつあっ
(おっ、手ごろな大きさ)

茶匙《ちゃさじ》を立てていた、竹製の筒である。

珠麗は素早く匙を抜き取ると、空の筒を、慣れた手つきで袂へと押し込んだ。あとは、
両手、特に手首のあたりを布巾《ふきん》でしっかりと清める。準備はこれだけだ。

「どうぞ、夏蓮殿も、東屋へ」

茶道具一式を卓の端に避けると、珠麗はにっこりと夏蓮を招いた。

殿内に上がらないのかと訝《いぶか》しげな夏蓮には、「冷えた夜風に当たりながらのほうが、火酒もよりおいしく感じられるはずです」と適当に告げてごまかす。

袖筒術を行使するため、妓楼《ぎろう》の閨《ねや》と同じ程度には、暗がりである必要があった。

「さあ、それでは、祥嬪様からのご厚情とやらを、頂戴しましょう。ああ、楽しみだこと」

こちらの手管に乗ってもらうため、さっさと会話を進めてしまう。

やけに上機嫌な珠麗に、夏蓮は不審の眼差《まなざ》しを寄越《よこ》していたが、特に反論する材料もないと思ったのか、やがて東屋へと上がってきた。

樽《たる》から柄杓《ひしゃく》で瓶に移した酒を、卓の中央に置く。

壺《つぼ》と見まごうほどの太さがあり、火酒をこれで一本分も飲めば、二人とも無事ではいられないことは、明らかだった。

「じゅ、珠珠様だけに飲ませるわけにはまいりません。わたくしも……」

「いいえ、嘉玉様。飲むのは止めませんが、私が先です。私のほうが年長なのだから、後回しにするなんて不敬はしませんよね、夏蓮殿？」

嘉玉も東屋にやってこようとするが、きっぱりと制する。

先ほどの発言を盾に念押しすれば、夏蓮は眉を顰《ひそ》めたまま頷いた。

どのみち、酒に弱い女なら、一杯を干しただけでふらつくような酒なのだ。どちらを先に潰《つぶ》しても変わらないと踏んだのだろう。

（そういえば、夏蓮と杯を交わすのは、初めてね）

酒席、と言うには張り詰めた空気のもと、互いの杯に酒を注ぎながら、珠麗はそんな感想を覚えた。

当時は甘党で、お茶ばかり飲んでいたから、こんな事態にならなければ、彼女と酒を酌み交わす機会など一生なかったかもしれない。それがいいことかは、わからないが。

「乾杯」

「乾杯」

一騎打ちをする敵同士さながらに見つめ合い、酒杯に浮かぶ月光ごと掬《すく》うように、ぐいと飲み干す。

「んうう！」

カッと喉《のど》の焼ける心地に、珠麗は大きく声を上げた。

（効くう！）

五臓六腑《ごぞうろっぷ》が燃えるようだ。

貧民窟《くつ》でも、あまりに寒さが厳しいときは、こうして酒で夜を凌《しの》いだ。花街もまた、酒が欠かせない場所であったため、この四年で、珠麗はずいぶん酒に強くなったものである。

夏蓮はといえば、無言のまま、表情も変えずに酒を飲み下している。

彼女が卓の上でひらりと酒杯を返し、雫《しずく》の一滴も零《こぼ》れないのを見せると、珠麗もまた同じ仕草をして、杯を乾《ほ》したことを証明した。

息を呑《の》む周囲をよそに、二人は黙々と、互いの杯に酒を注ぐ。

「乾杯」

「乾杯」

再び、杯をぐいと呷《あお》った。

「うえええい！」

珠麗はまたしても声を上げた。

酔っぱらいだからではない。大声によって、酒が竹筒に流れていく音をごまかしているからである。

(悪いけど、実際に飲むのは最初の一杯だけにさせてもらうわよ。袖筒術、始動!)

袖筒術とはつまり、飲む振りをして、手首を伝わせた酒を、袂に仕込んだ竹筒に貯《た》める技術である。単純ではあるが、手首や杯の角度を少しでも間違えると、すぐに露見してしまうため、意外に難しい。

さらに、あまりに静かだと、酒が筒底を叩《たた》く音が聞こえてしまうという難点があった。それを隠すために、妓女たちは楽の音を響かせ、ときに嬌声《きょうせい》を上げるのである。

珠麗は、酒を筒に注ぐ手技自体は上手《うま》いものの、「ごまかす声に艶《つや》がないわ。むしろ豚」と、楼主からは落第を食らっていた。

が、とにもかくにも、今役立ってよかった。

二杯目を飲み干すや、夏蓮は少しだけ、眉を寄せる。

だが、ふらついた様子は見えなかった。

一方の珠麗は、あまりに平然としていても怪しまれると思い、「あー、酔いが回ってきたわぁ。星が見えるわぁ」などと嘯《うそぶ》いてみせる。

ただし、それを聞いた嘉玉が、再び悲愴《ひそう》な顔で東屋に近付いてきたので、慌てて神妙な顔を取り繕った。

「珠珠様……っ。お願いです、わたくしなんかのために、これ以上無理を重ねないでくださいませ」

「いいえ、嘉玉様。あくまで、私がしたいことをしているだけなので、気になさらず」

「ですが、星が見えると。そんなにも酔って……」

「すみません、ちょっと盛りました。実は私、全然酔ってませんから」

あまりに信憑《しんぴょう》性のない言い分だ。

むしろ、酔っていないと主張する酔っぱらい特有の現象にさえ見える気がする。それは認める。

「珠珠様……」

「さあ、嘉玉様。ここにいては、酒に弱い者なら匂いだけで参ってしまいます。もう少し離れて」

疑われたのだろう、じっとこちらを見つめてくる嘉玉の視線に堪えかねて、珠麗は強引に会話を打ち切った。

袖筒術が見破られても困るので、東屋から追い払う。

そうして再び、夏蓮へと向き直った。

「乾杯」

「乾杯」

三杯目。

「うひゃあああ！」

四杯目。

杯を返す夏蓮の仕草が、わずかにぎこちなくなった。指先が、震えているようにも見える。

珠麗は、少し心配になって尋ねた。

「夏蓮殿は、お酒が強いのね。でも、さすがに、酔いが回ってきたのではないの？」

「……いいえ」

返す言葉に、乱れはない。

夏蓮は、ふと顔を上げると、睨《にら》むようにして珠麗を見つめた。

「お構いなく。そちらこそ、豚のように耳障りな声を上げて、相当酔われているのでは？もう、恭貴人に代わっていただいてもよいのですよ」

「それが、なかなか体が温まらないの。ご厚情が全身に染みわたるまで、もう少し私に火酒を頂戴できる？」

「……先ほど、酔いが回った、と」

「気のせいだったみたい」

しれっと肩を竦《すく》めると、夏蓮は酒瓶を奪うようにして、酒を注いできた。

珠麗もまた、夏蓮の杯に注ぎ返す。

「……乾杯」

「乾杯」

睨み合うようにして、五杯目の酒を飲み干す。

飲む速度が、上がった。

徐々に鬼気迫ってきた二人を見て、東屋を取り囲んだ嘉玉たちは、恐々と囁《ささや》き合った。

「あの女官は、なんてお酒に強いのかしら……」

「実は、中身は水なんではないの？」

「いいえ、紅香様。樽のほうを嗅いでみましたが、これは間違いなく火酒です」

「顔色の変わらぬ女官はともかく、珠珠さんは、月明かりでもそれとわかるほど、白い肌が赤らんでいますわ。このままでは、珠珠さんのお体が……！」

最後に蓉蓉が真っ青になって呟《つぶや》くと、一同は緊張を走らせた。

このままでは、二日酔いどころか、命すら危ぶまれる。もはや、言いがかりを付けられるのを承知で、太監か武官を呼ぶしかないのでは――。

だがそのとき、

「待って」

不意に、珠麗が椅子を蹴《け》るようにして立ち上がった。

「夏蓮殿。手を握らせてもらうわよ」

卓に身を乗り出して、相手の手から杯を奪う。そしてその手を握ると、珠麗ははっと肩を揺らした。

「あなた――なにしてるのよ！」

悲鳴のような声に、嘉玉たちは怪訝《けげん》そうに顔を見合わせた。


（おかしいわ）

珠麗が違和感を抱いたのは、六杯目の酒を注ぎ交わした頃だった。

どんなに酒が強い人間とはいえ、これだけの火酒を、袖筒術も無しに飲みつづければ、多少は酔いが回るもの。

しかし、目の前の女官は、頬を赤らめるどころか、むしろ顔色が悪くなっているように見える。呂律《ろれつ》は回っているが、言葉が出てくるまでに、妙な間があった。

（まさか）

そのとき珠麗の脳裏によぎったのは、花街時代の記憶だった。

歓待に使われることも多かった朱櫻楼《しゅおうろう》では、しばしば、度を超した酔客も見かけられた。その多くは、酒が弱いにもかかわらず、上官から強制されて断れず、あるいは上官に注がれた酒を無理に肩代わりさせられ、酔い潰《つぶ》れてしまった若者であった。

序列意識の強い官吏間でこそ、その手の事件はしばしば起こるのである。

珠麗のように肌がすぐ赤くなる者は、心配されやすいぶん、まだいい。だが、顔に出ない者や、日頃酒を飲み慣れていない者は、己の限界を超え、ときに命すら落としてしまう。

珠麗の知る限り、青ざめたり、震えたり、冷や汗を滲《にじ》ませている人間は要注意だった。

そして、不審に思って手を取った夏蓮には、そのすべてが当てはまっていたのである。

「あなた――なにしてるのよ！」

珠麗は驚いた。

これは中毒を起こした人間の症状だ。

反応も鈍い。酒など、これ以上とても飲めないはずである。

それだというのに、夏蓮はのろのろとした動きで、酒杯を摑《つか》もうとする。珠麗は咄嗟《とっさ》に、それを振り払った。

「なにしてるの！　とても飲める状態じゃないでしょう⁉」

床に叩き付けられた陶器が、澄んだ音を立てて砕ける。

夏蓮はそれをどこかぼんやりした様子で聞き、やがて口を開いた。

「……お構い、なく。あなたが、飲めぬなら、恭貴人を……」

「馬鹿言ってんじゃないわよ！」

いつからだ。いつからこんなに、酔っていた。

一杯目のときから、夏蓮の表情はまるで変わらない。それで逆に、一杯目の時点で彼女は相当苦しかったのではないかと、珠麗は思い至った。

「あなた、下戸なのね？」

「…………」

「答えなさい！　本当は、一滴も酒を飲めないんじゃないの⁉」

黙り込んだ相手に業を煮やす。

珠麗は夏蓮の両脇に腕を差し込むと、卓からその身をずるずると引きずり出した。

「な、にを……」

「吐きなさい！」

弱々しくもがく女官に、鋭い口調で命じる。

「今すぐ、全部吐き出しなさい！　さもなくば、死ぬわよ！」

その叫びを聞いて、ようやく嘉玉たちも事態を悟ったようである。

おろおろと東屋《あずまや》に集まってきて、太監を、いや医官を呼ぼうかと問いかけてくる。

「悠長に太監なんて呼んでも仕方ないわ！　医官だって、女官相手じゃ翌朝にしかやってこない。今すぐここで吐かせるのよ！」

一喝すると、女たちはびくりと肩を震わせ、蓉蓉だけがはっとしたように口を開いた。

「な、ならば、わたくしは盥《たらい》をお持ちしましょうか？　あとは、衝立《ついたて》ですとか――」

「この期に及んで、粗相を隠すことに専念してどうするの!?　そんなものより、大量の水と、できれば塩と砂糖とお湯を持ってきて！　あと毛布！」

「は、はい！」

いい子の返事を寄越《よこ》した蓉蓉たちを宮へと急がせ、珠麗は横たえた夏蓮へと向き直った。

「さあ。水を飲む前に、とにかく体の中の酒を吐き出しなさい。全部よ」

「……お、構い、なく」

虚《うつ》ろな目をした女官は切れ切れに答えた。

「そのような、粗相を、働くわけに、は……」

「あんたまで粗相とかなんとか言ってんじゃないわよ！」

珠麗はカッとなって叫んだ。

「ゲロ吐くくらいがなに!?　品位なんて屁《へ》の突っ張りにもなりゃしないわ。ここで気取ってどうすんのよ！」

この四年ですっかり荒くなった口調が出てしまう。だが、それだけ焦っていたのだ。

夏蓮がこんなにも酒杯を重ねたのは、自分が竹筒いっぱいに火酒が溜《た》まるまで、酒席を引き伸ばそうとしたから。

さっさとこちらが酔ってしまえば、彼女もここまでにはならなかったかもしれないのに。

珠麗は夏蓮の首根を摑むと、強引に顔を床に向けた。

「仰向《あおむ》け禁止！　とにかく、吐きなさい！」

「ぐ……」

それでも夏蓮は、肘《ひじ》をつき、眉《まゆ》を寄せたまま体をよじった。

「許され、ません……」

「なにがよ！　誰がなにをどう許さないって言うの！」

「私は、韋族の、娘……。ひとつでも、粗相を、犯せ、ば、一族全体に、汚名が……」

韋族が高尚な民族だと言っているのではない。むしろその逆で、侮られ、野蛮だと蔑《さげす》まれている民族だからこそ、ほんのわずかな隙も見せられないのである。

それを解した珠麗は、剣呑《けんのん》に目を細めると「わかったわ」と、床に膝立《ひざだ》ちになった。

「自分じゃ吐かないって言うなら、私が吐かせるまで」

「え……？」

「私を誰だと思ってるの。指の曲げ方ひとつで、直前の酒どころか、前日食した羹《あつもの》まで自在に吐き出させる介抱の鬼、『黄金指』の二つ名をほしいままにした女よ」

「は……？」

ぼうっとした様子で聞き返した夏蓮を抱き起こす。

その胸下に肩を入れると、珠麗は問答無用で、喉《のど》に手を突っ込んだ――！

「吐けえええ！」

花街で珠麗は、肥桶番《こえおけばん》だった。汚物処理を専《もっぱ》らとしていたわけで、そのくりで、酔客の撒《ま》き散らす汚物の始末や、介抱までも任されていたのだ。

なんといっても、目の前で人に死なれることほど後味の悪いものはない。当時はまだ、「あのとき私が楼蘭をきちんと吐かせていれば、助けられたのかも」といった思いもあったため、必然、他人を吐かせる技術の習得にも気合いが入った。

気付けば、伝説の肥桶番、黄金指、とまで呼ばれていたのである。

「ぐ……っ」

喉奥まで指を差し込まれた夏蓮が、堪《たま》らず胃の腑《ふ》の酒を戻す。

吐瀉物《としゃぶつ》を詰まらせることがないよう、夏蓮を自分の胸にもたれさせ、その背中をさすりながら、珠麗は叫びつづけた。

「よーし、頑張った！　いい波来てるわよ、まだいける！　まだまだ吐ける！」

「や、め……」

「全部吐くのよ。そのあと大量に水を飲むの。いいこと？　あんたが吐かないって言うなら、その喉に豚の腸管を突っ込んでやるんですからね。水をいっぱい詰めた状態で胃の腑に差して、その水を抜くとね、水圧で胃の中身が吸い出されていくのよ。それが嫌なら、自分で吐きなさい！」

「でき、な……粗相は……」

夏蓮は呟き、頑《かたく》なに顔を背ける。

いよいよ苛立《いらだ》ちを募らせた珠麗は、衝動に任せて、相手の頬をはたいた。

「あんたね、命と体裁と、どっちが大事なのよ！　私のせいで死ぬなんて許さない。私の前で死のうものなら、ぶっ殺すわよ！」

どちらにしても死ぬことになってしまっている恫喝《どうかつ》を聞き取り、夏蓮は目を見開いた。

──よくって、この子に指一本でも触れようとする不埒《ふらち》者がいたら、指一本すら触れさせないんですからね！

なぜだかそのとき、彼女の胸の内に蘇《よみがえ》ったのは、どこか緊迫感に欠けた女の声だった。

「…………」

虚空を見つめていた夏蓮の瞳《ひとみ》に、涙が滲む。

彼女は震える声で、同じ言葉を繰り返した。

「お構い、なく……」

「はあ!?」

「結構で、ございます。私は、もう……生きたく、など……ない」

ずっと、苦しかった。裏切られ、拠《よ》り所を失い、ただ妹の弔いだけを枷《かせ》にして、その重みに縋《すが》るようにして生きてきた。

だがいったい、あと何回苦しみを味わえば、自分は解放されるのか。

もう——うんざりだった。

「私は、もう何年も……死に場所を、探してい——、ぐっ⁉」

「ぶってんじゃないわよ」

だが、言葉の途中で、強い力で胃を圧迫され、夏蓮は再びえづいた。

そして、気付く。

珠珠と呼ばれる女は、これまでにないほど厳しい表情で、こちらを見つめていた。

「死に場所なんて探さなくても、ある日いきなり死はやって来るわよ。騙《だま》されたら、処刑される。寒い夜に路上で寝ていたら、凍え死ぬ。傷に糞尿《ふんにょう》が触れれば、菌に侵されて死ぬ。飢えても、性病をもらっても、火に巻かれても、あっさりと人は死ぬ。生きるのが嫌なら、舌を噛《か》むなり、首を吊《つ》るなりすればいいじゃない。驚くくらい、簡単に死ねるわよ」

手だけは胃を圧《お》し、吐かせ続けながらも、彼女は低い声で告げた。

「悠長に死に場所を探してる時点で、あんたは、まだ生きたがってるんだと、私は思うわ。どうしても自死したいなら止めないけど、それならこんな受け身な方法じゃなくて、意志を持ってやって。あと、私の前でしないでよ」

先ほどまでと異なり、言葉は淡々としている。

しかしだからこそ、今の彼女には、言いようのない凄《すご》みがあった。

（この人は……）

朦朧《もうろう》とする意識の中で、夏蓮はふと思った。

（どういう人生を、歩んできた人なの）

ちょっとした仕草は上品だし、誰からも称賛されそうな美しい顔立ちをしているのに、荒々しい口調がやけに堂に入っている。

気さくで、間抜けさまで感じさせる言動も取るのに、今、こんなにも凛《りん》としている。

もう一度胃を圧され、今度こそすべての酒を吐き出した時点で、彼女は一度、労《ねぎら》うように夏蓮を抱き締め、ぽんぽんと肩を叩《たた》いた。

「よし。全部吐いたわね。あとは、がんがん水を飲むわよ。まだ意識はしっかりあるわね？」

「…………！　衣、が」

そのときになってようやく、自分がずっと相手の衣装に向かって嘔吐《おうと》していたのだと気付き、夏蓮は、よろよろと腕を突っ張った。

「申し訳、ございません……っ」

「洗えばいいのよ、こんなもの。ほら、無理に起き上がろうとしない！」

「どうか、お放しを。私は、臭います……っ」

「はあ!?」

眉を撥《は》ね上げながら彼女が続けた言葉に、夏蓮は今度こそ、呼吸を止めた。

「なに変な心配してんのよ。今この場には、上等な火酒の匂いしかしないわよ！」

――そうかしら？　今この場には、食欲をくすぐる肉の匂いしかしなくってよ。

言葉を脳裏でなぞった瞬間、ぼろりと涙が零《こぼ》れ落ちた。

「……、……様……っ」

咄嗟《とっさ》に唇がかたどったのは、禁忌となったかの人の名前。

この四年間、けっして呼ぶことのなかった名前だった。

（姿も、声も、違うのに……）

白豚妃は――恵嬪《けいひん》・珠麗は、こんな美しい女性ではなかった。こんな掠《かす》れた、婀娜《あだ》な声で話す人ではなかった。

なのに、目の前の彼女の言葉が、眼差《まなざ》しが、どうしようもなく、かつての主人と重なる。

何日も湯浴《ゆあ》みをしていなかったあの時の自分が、臭わなかったはずはない。

胃の腑の中身を吐き出した今の自分が、臭わないはずなんてない。

それなのに。

「水を持ってきたわ！」

「毛布と湯もお持ちしました！」

「塩と砂糖もこちらに！」

とそのとき、盥や毛布を手にした貴人たちが、次々と宮から飛び出してくる。

「ありがとう。まずは水を飲ませるわ。貴人様方、小甕《こがめ》いっぱいの湯に、塩と砂糖をひと匙《さじ》ずつ混ぜたあと、水を加えてぬるめの湯を作ってください。夏蓮、吐きながらでもいいから、とにかく飲むのよ。蓉蓉、体を毛布でくるんで」

「わかりました」

てきぱきとした指示に、女たちが滑らかに作業を始める。

「ほら」

体を抱き起こし、口先に湯のみを突きつけてくる相手を、夏蓮はぼうっと見上げた。

唇に触れた湯が、温かい。

ちょうど、今、頬を伝う涙のように。

「飲みなさい」

震える唇をそっと開き、夏蓮は、一口目を含みはじめた。

湯を飲み下し、吐き、を繰り返した夏蓮は、その後気を失って眠り込んでしまった。

が、次に目を開けたとき、夏蓮は自分が寝台に横たえられていることに気付き、跳ねるようにして起き上がった。

「う……」

途端に、ぐらりと眩暈《めまい》、そして吐き気が襲う。頭痛もひどい。

だが、耐えられないほどではなかった。

少なくとも、覚悟していたのとは異なり、死んでいない。

口元を強く両手で押さえながら、夏蓮は恐々と周囲を見やった。

瑞景宮では、ない。

窓から差し込む青い月光から察するに、おそらくは、子《ね》の刻かそのくらい。

寝台や窓枠の質素さを見るに、ここは白泉宮の一室であるようだ。貴人たちの誰かに運び込まれたのだろう。

衣服も、ほかの女官のものと思《おぼ》しき新品に着替えさせられていた。

「なぁに……、起きたの？　水、飲む……？」

ふと、すぐ近くから声がかかる。

ぎょっとして振り返ってみれば、枕辺に置いた椅子に、腰かける者がいた。

眠そうに目を擦《こす》っているのは、珠珠と呼ばれる女であった。

「それとも、もう一回、吐いとく？　盥《たらい》、そこよ……」

「あの……」

夏蓮が口を開くよりも早く、相手はうとうととした様子で告げる。

「……気持ち悪かったら、呼んで……。この時間帯が一番、危ないから……吐くときは、必ず、他人に……」

付き添ってもらうように、と最後まで言い切る前に、目がすうっと閉じられてゆく。

こくり、と船をこぎ出した相手を見て、これまでの時間、ずっと彼女が水を差し出したり、背中をさすったりしてくれていたのだと、夏蓮は切れ切れに思い出した。

彼女も火酒を飲んでいたのだ。相当眠いのだろう。

「……お人好《ひとよ》しな、方ですね」

呟《つぶや》く声が、薄青い闇に溶けてゆく。

眠る相手をしばらく無言で見つめ、やがて夏蓮は、そっと寝台を下りた。

あちこちで付け焼刃の楽の音が響く、広い後宮内を、がくがくと震える足で、ゆっくりと歩く。

遊牧民であった彼女には、松明《たいまつ》などなくとも、月明かりさえあれば、位置を知ることなどたやすい。身を切るような冷たい夜気に、白い息を溶かし、黙々と歩みを進めた。

たどり着いた瑞景宮の、その最奥の一室には、いまだ明かりが灯《とも》されていた。

「――おかえりなさい」

楼蘭は、燭台《しょくだい》の細い明かりを頼りに、鏡台の前で髪を梳《と》かしていた。

女官の手も借りず、丁寧な手つきで、香油を髪へと塗り込んでいる。

いつものことだ。

この女性は、寵愛《ちょうあい》深き嬪《ひん》であるのに、入浴や髪結いすら、女官の手を借りようとしない。

じっと鏡を覗《のぞ》き込む姿は、美をうっとりと追求する妃嬪というよりも、得物を念入りに手入れする武官を連想させた。

そしてそれが、この女の本質なのだと、夏蓮は思う。

彼女は誰も信じない。そして、いつも爪を研ぎ澄まし、なにかと戦っている。

「遅かったのね。お酒はきちんと、飲んでいただけたのかしら？」

やがて櫛《くし》を置き、微笑《ほほえ》んでこちらを振り返った楼蘭に、夏蓮はふらつく体で跪《ひざまず》いた。

「珠珠様には、だいぶ。ただし恭貴人様には、お召し上がりいただけませんでした。……私が途中で、倒れてしまったためです」

「まあ。なのに、帰ってきてしまったの？」

案の定、昏倒《こんとう》した女官を案じる気配は、楼蘭にはない。

「妹君も、さぞ残念に思われることでしょうね」

それが、夏蓮の働きに対してもたらされるものの、すべてだった。

叩頭《こうとう》する夏蓮の前で、楼蘭は棚を探り、今度は髪紐《かみひも》を取り出した。細い指先でゆっくりと髪を編み、まとめる。

「あなたの帰りが遅いから、もしやお酒が無事届かなかったのではないかと思って、ほかの太監にも、『届け物』をしてもらうように伝えたわ。なので、あなたはもう、下がってよろしくてよ」

きゅっ、と紐先を結びながら、付け足した。

「永遠に」

「……………」

夏蓮は、しばし黙り込んだ。

これまでのように縋《すが》り、許しを請うことはしなかった。

代わりに、彼女はゆっくりと口を開いた。

「……これまで、大変お世話になりました。私はただいまをもって、御身の前を、去りたく存じます」

「ふうん、そう。妹君の弔いは、済ませずともよいと割り切ったのですね。薄情な人」

楼蘭という女は、相手を一番傷付ける言葉を、熟知している。

夏蓮は咄嗟に体を強張《こわば》らせたが、意識的に息を吐き、力を抜いた。

いや、抜ききることなど到底できない。

次の言葉を紡ぐのに、心臓は、早鐘のように脈打っていた。

「いいえ。私は、ほかの宮に移り、弔いを続けたいと存じます」

「……ほかの宮？」

「白泉宮に」

告げてから、顔を上げ、言い直す。

「いえ、珠珠様のもとに」

その瞬間、楼蘭の顔が険しくなるのがわかった。

「一時的に宮に身を寄せているだけの、奴婢《ぬひ》の女性が、女官の面倒を見られるとでも思ったのかしら。あの白豚妃様の腹心であった、あなたのことを」

「珠珠様は、必ず妃嬪になられます。そして、女官を必ず大切になさいます」

夏蓮はまっすぐに楼蘭を見つめた。

「そう信じられる方に、私は出会ったのです」

「…………」

天女のような美貌《びぼう》の嬪は、しばし黙って夏蓮を見返した。

信じる、と言葉をなぞるように呟き、それから唐突に笑いだした。

おかしくてたまらないとでも言うように。

「そう！ 信じられる主人に出会ったの。自分を守ってくれると。よかったですわねえ！」

「……祥嬪様？」

「ふふ。いいわ、送りだして差し上げる。けれど、二度とそのお顔を見せないでね」

捨てられた後の離反とはいえ、不興を買えば殺されても逆らえない身分だ。夏蓮は楼蘭の言葉を、厚意として受け取ることにした。

「承知いたしました。またこの四年もの間、前の主人に代わり、弔いのための俸禄《ほうろく》を払ってくださったご恩は、けっして――」

「ああ、いいのよ。礼には及ばないわ。だって、白豚妃様の金子ですもの」

「……は？」

言葉の意味を、摑《つか》みそこねた。

眉《まゆ》を寄せて顔を上げる夏蓮の前で、楼蘭は香油を棚に戻しはじめる。

揺れる炎に照らされた美しい笑みが、ひどく酷薄に見えた。

「ねえ、知っていて？　彼女……あのお人好しな白豚妃様の隠された趣味はね、週に一度、こっそりと髪の手入れをすることだったの。自分のではなく、女官のよ。異民族の奴婢の、汚らわしく縮れた黒髪に、せっせと香油を擦り込んでいたわ。変色しないようにね」

「え……？」

細い指先が、最上段の棚を探り、その天板の裏からあるものを取り出す。

それは、明らかに上等のものとわかる、漉《す》き紙だった。

楼蘭はひらりとそれを摘《つ》まむと、夏蓮に向かって掲げてみせた。

「見覚えがあって？　五年前だったかしら。陛下の誕辰《たんしん》で、妃嬪に返礼品として下賜された正紙よ。植物の葉が透かしてあって、金彩で蓮《はす》の模様が描かれているの。彼女は、それは嬉《うれ》しそうに、『大切な相手にこれで手紙を書くの』と笑っていましたわ」

夏蓮は動揺したまま、突き出された紙を目で追った。

たしかに、見覚えがある。

だが、模様に目を凝らすよりも先に、書かれた文字が目に飛び込んできて、夏蓮ははっと息を呑《の》んだ。

『夏蓮へ。これまでの間、お勤めをご苦労様でした。年季明けはまだ先だけど、とてもよい紙を頂いたので、先に書いています。墨が薄くなっていたらどうしましょうね』

手紙は、そんな文章から始まっていた。

『でも、髪のほうは変色しないように、私がちゃんと手入れしておきました。この国では、花嫁は長髪を下ろすのよ。焼いてとは言われたけれど、私の判断で残していました。怪しまれないようにと、私の髪と一緒に紐を焼いてしまったので、組み紐の色は違うのだけど。ごめんなさい。嫁入りのときには、これを髢《かもじ》にしてね。あなたには、どうかこの国の人に嫁いで、ずっとそばにいてほしいと思うので』

四年前、楼蘭が棚から取り出した髪の束を思い出す。

以前に夏蓮が捧《ささ》げたものとそっくり同じの、けれど、切りたてのような、紐色の違う髪。

妹のものだと思っていたそれは、なんということはない、自分のものだったのだ。

がたがたと震え出した夏蓮の前で、楼蘭は紙を手放した。

白い紙はまるで羽根のように揺れながら、床に落ちる。

くしゃり、と、華奢《きゃしゃ》な沓《くつ》で踏まれた部分には、こうあった。

『俸禄は、初年にまとめて、集落に送りました。それとはべつに、餞別《せんべつ》の金子を用意したので、どうか役立ててください。以上が、私からの花嫁支度です。いろいろと未熟な主人だったと思うけど、夏蓮、こんな私に仕えてくれてありがとう。どうか、お幸せにね』

「…………っ」

涙が、勢いよく零《こぼ》れ落ちた。

女官の嫁入り先を見つけるのは、主人である妃嬪の仕事だ。当時はまだだいぶ先であった年季明け――夏蓮の嫁入りを夢見て、いそいそと手紙を書く彼女の姿が、容易に想像できた。

楽しみを抑えきれず、こんなにも前から。

夏蓮本人にも隠れて、こっそりと。

(裏切られてなど……いなかった)

夏蓮は、雷に打たれたかのような衝撃に、身を震わせた。

裏切られてなど、いなかった。

むしろ――裏切ったのは、自分だ。

「かわいそうな白豚妃様」

踏み付けた手紙を憐《あわ》れむように、楼蘭は眉《まゆ》を寄せながら、それを拾い上げた。

「こんなに心を砕いた女官にも、あっさり見放されて。焼き印を押され、罪人として花街へ。それ以降の足取りは摑めないけれど――死んでしまったのでしょうね。たったひとりで」

「……ぅ、あ……っ」

「目を掛けた女官は、死んでもいない妹は悼むのに、自分のことは名すら唱えない。さぞ無念だったでしょうねえ。韋族風《ふう》に言うなら、永遠に癒《い》えぬ渇きを抱き、宙をさまよっているのではないかしら」

しゃくりあげる夏蓮の手を取り、そっと手紙を握らせる。楼蘭は、天女のように柔らかく微笑んでいた。

「餞別《せんべつ》に、差し上げるわ。どうか、信じられる主人とやらのもとで、頑張ってね」

ただし、と、可憐《かれん》な唇が続ける。

「主人を信じきれなかった、薄汚いあなたを、相手が信じるかはわからないけれど」

ぼろ、と涙をこぼした夏蓮を残し、楼蘭は燭台の火を吹き消すと、室を去っていった。

「や、やってしまった……！」

そのころ白泉宮では、青褪《あおざ》めた珠麗が、猫のようにがりがりと門扉に縋りついていた。

「完っ全に、寝過ごしたぁああ！」

目は、夜空に浮かぶ半月を恨めしげに追っている。だが、何度瞬《まばた》きをしても、月の位置は変わらなかった。

――礼央が助けにきてくれるという子《ね》の刻は、過ぎてしまった。

「いや、自力で逃げるって言ったけど……言ったけど……っ。でも、気が変わることだってあるじゃない。ちょっとくらい、長めに待ってくれてもいいじゃない……っ」

言い訳させてもらえるなら、珠麗は看病ですっかり疲れていたのだ。

一杯とはいえ火酒を飲んだし、多少酔ってもいた。

夏蓮を寝台まで運び込み、着替えさせ、うなされる彼女に水を飲ませ、汚れきった衣も洗い、と忙しく動き回ったがために、ふと気が緩んだ拍子に、すっかり眠りこけてしまったのである。情状酌量の余地はあると信じたかった。

「せっかく火酒、貯《た》めたのにい……」

右手には、油布で蓋《ふた》をした竹筒を未練がましく握りしめている。

夏蓮の腕を取ったときに多少こぼしてしまったが、その後咄嗟《とっさ》に脇に避《よ》けておいたため、半分以上は残っていた。

これを差し出せば、守料維持とはいかずとも、二倍ほどで収まったかもしれないのに。

「もう礼央の力を借りなきゃ、無理よう……」

思わず泣き言が漏れる。そう。夏蓮の昏倒《こんとう》があったせいで、事態はだいぶ悪化していた。

まず、夏蓮を寝かせるために、しぶしぶ殿内に上がった。すると紅香たちが気を利かせ、珠麗が夏蓮と同じ室で寝られるよう、寝台を整えてしまったのである。

東屋《あずまや》に戻ろうとするたびに、「貴人様方に叱られます！」とわらわら女官たちに囲まれる始末で、監視の目は飛躍的に厳しくなった。

しかも、なまじここまできぱきと介抱をしたものだから、「火酒で酔っ払って選抜に臨めません」という言い訳も、まったく通じなくなってしまった。

白泉宮の住人には、女官や太監たちまで含めてすでに、「伝説の火酒女」とか、「熊殺し」とか囁《ささや》かれている様子である。

今だって、女官たちが張り付いてきたのを、「夏蓮がいなくなっていて心配なので、あくまで敷地を出ない範囲で確かめに行く」と引きはがして、ようやく門の前まで来たのだ。

建物の入口や窓からは、女官や、見張りの太監からの、さりげない視線を感じる。

詰んだ、と言ってよかった。

「うぅ……どうすればいいの……」

礼央のあの性格だ。子の刻に来なかった珠麗のことなどあっさり見捨て、もう都を去っているかもしれなかった。

一度希望の光が差しただけに、絶望もまた深い。

珠麗はとうとうその場にしゃがみ込んで、顔を覆った。

と、眼前の扉がぎいと軋《きし》んで、開く。

ばっと顔を上げたが、やって来た人物が夏蓮であると理解して、目を見開いた。

白泉宮に戻ってきたのだ。

「あ……あら。ここに戻ってきたの？　てっきり、楼蘭……祥嬪様のもとに帰ったのかと」

なんとなく気まずさを覚え、肩を竦《すく》めながら話しかけたが、そういえば今の自分は彼女を捜していることになっているのだと思い出し、慌てて立ち上がった。

「か、夏蓮！　あっと、夏蓮殿！　もう、どこに行っていたのよ、心配したじゃない！　いや、瑞景宮に戻ったのでしょうけど、一言くらい挨拶《あいさつ》を残していきなさいよね！」

「…………」

だが、夏蓮はなにも言わない。

その顔が、月明かりにもそうとわかるほど青褪めているのに気付き、珠麗は眉を寄せた。

「夏蓮、殿？」

「……私は、瑞景宮を、辞してまいりました」

「はい？」

「あの女の前には、もう跪《ひざまず》きません。……二度と」

声は、震えている。髪は乱れ、目は赤く濁っていた。

頬に残る、涙の跡。

いったいなにが、と聞こうとしたが、珠麗は口をつぐんだ。

楼蘭の指示で貴人たちを妨害してきた夏蓮。けれど、あっさりと捨て駒にされた彼女。

失態を恐れ、頑《かたく》なな態度を崩そうとしなかった、韋族の女官。

この四年間、楼蘭のもとでどんな境遇にあったのか、さすがに察せないわけではない。

「……瑞景宮を辞して、これからどうするつもりなの」

だから代わりにそう尋ねたのだったが、夏蓮は虚《うつ》ろな顔で答えを寄越《よこ》した。

「……どう、すればいいのでしょう」

「はい？」

「私は……どうすれば、よいのでしょう」

この世の闇を煮詰めたような声で問われ、珠麗は咄嗟に「知らんがな」と答えそうになるくらいには困惑した。

だが、そういえばつい今さっき、まったく同じ言葉を自分も呟《つぶや》いていた気がする。

似た者同士と思えば、しみじみと同情が湧いた。

夏蓮もいろいろあったのだ。

「そういうことって、あるわよね。進むべき道がわからなくなることがね……」

「進みたい道は、あるのです」

「あるんかい」

共感からあっさり離反され、思わず突っ込んだ珠麗を、夏蓮はじっと見つめた。

「進みたい、道はある……。けれど、そちらに進んでいいのか、わからないのです。こんな……汚らわしい私が、光を求めて、その道を進んでいいのか」

「なによ、またその話？」

昏倒前と同じ、ひどく後ろ向きな言葉を聞いて、珠麗は少しばかり苛立《いらだ》ちを覚えた。

まったく、人が後宮脱出をふいにしてまで介抱してやったのに、まだ、粗相だなんだと、些細《ささい》な過ちを気にして、と。

「汚らわしいって、なによ。どこが汚れてるっていうの。ええ？」

「すべてです。全身が、汚らわしくて、染み込んだ罪は、もう、……すすげない」

じわ、と涙をにじませる夏蓮に、珠麗は思わず天を仰いだ。

「んなわけないでしょう！　もう、いい加減にしなさいよ！　あんたはきれいだってば」

「………」

こちらを見つめる女官の、その切実な、縋《すが》るような視線には、気付かなかった。

「うじうじ気にしてるのは本人だけよ。吐いたものは戻せないし、割れた鏡は元に戻らないんだから、悔いたって仕方ないじゃない。だいたい、私がすっかりきれいにしてやったんだから、あんたは堂々としてればいいのよ」

「…………」

威勢のよい言葉の数々を、夏蓮は、黙り込んで聞いていた。

それらの言葉が、単に酒での粗相しか指していないことは、理解していた。

それでも——この珠珠という女の、不思議と耳をくすぐる掠《かす》れ声は、夏蓮の胸の奥まで染み込んでいったのだ。

「よくって？　汚れなんて、洗えば落ちるのよ。そりゃあ、染み込んだ汚れはしつこいでしょうけど、そしたらそのぶん、しつこく洗いまくるのよ。言っておくけど、私は、糞《ふん》尿《にょう》の臭《にお》いだって完全に消しおおせる女よ」

「…………」

「その私が洗ってやったんだから、大丈夫なのよ。進むべき道とやらがあるんなら、うじうじしてないで、さっさと進みなさい」

最後の一言が、とうとう、夏蓮の背中を押した。

——そうかしら？　今この場には、食欲をくすぐる肉の匂いしかしなくってよ。

夏蓮の薄汚かった身なりを、気にも留めなかった彼女。

肌色の異なる腕を躊躇《ためら》いもなく手に取り、そこに技術を見出《みいだ》して讃《たた》えた彼女。

簡単に心を預け、けっして裏切らなかった、白豚妃。

――なに変な心配してんのよ。今この場には、上等な火酒の匂いしかしないわよ！

大切な主人のことを、夏蓮は守れなかった。

信じきれず、なんとしても摑《つか》むべきだった手を、あっさりと放してしまった。

けれど、そんな自分でも、やり直せるというのなら。

――進むべき道とやらがあるんなら、うじうじしてないで、さっさと進みなさい。

大切な誰かを守り抜き、それが、少しでも償いに、なるのであれば。

「……珠珠様。私を、あなた様の女官にしてくださいませんか」

今度こそ自分は信じ抜こうと、心に誓った。

「……はっ？」

「お願いでございます。いえ、嫌だと言われても、もう押しかけてしまいました。私は、あなた様の女官です」

その場で、跪く。

強引に両手を取って、その顔を見上げると、相手はぎょっと口を引き攣《つ》らせていた。

「えっ、いや、なに!?　っていうか待って、私、女官を抱える身分じゃないんですけど」

「いいえ」

狼狽《ろうばい》した様子で引き抜こうとする相手の手を、夏蓮はぎゅっと握りしめた。

「あなた様は、必ず妃嬪《ひひん》になられます」

「は!?」

「私が——この命に代えても、あなた様に上級妃の座を射止めさせてみせます」

「はあ!?」

相手は、声を裏返している。何度も手を引き抜こうとされたが、その回数だけ、夏蓮は手を握りしめた。

もう、放さない。

絶対に。


カア、と、小黒が鳴く。

白泉宮の門の外側、少し離れた木の幹にもたれていた礼央は、宙を旋回した小黒を肩に留まらせると、こめかみを押さえながら重々しい溜息《ためいき》をついた。

「……阿呆《あほう》が」

月の傾きは、すでに丑《うし》の刻を告げている。

揺籃の儀の最終日が、始まろうとしていた。

＊＊＊

さて、内務府である。

幾人もの太監に守られた建物の最奥、ひときわ重厚なつくりの室は、太監長が政務を行うための空間であった。

調度品はどれも上等で、計算しつくされた品の良さを漂わせている。

それはそのまま、この室の持ち主の気質に通ずるのだろう。

太監長・袁氏は、寄越《よこ》された手紙を、きっちりと角を合わせて畳みなおしているところであった。

「よくもまあ、次々と企《たくら》みを思いつくものだ。まったく、女とは恐ろしいな」

袁氏は、しげしげと手紙を見つめながら呟く。ゆったりとした口調だったが、声には隠し切れぬ侮蔑《ぶべつ》が滲《にじ》んでいた。天華国の頂点を極める女たちとて、彼からすればしょせん、浅ましい女たちの一人にすぎなかった。それはそうだ、彼女たちが誇る寵愛《ちょうあい》など、結局のところ、袁氏の采配《さいはい》でどうとでもなるのだから。

手紙は、現皇帝の寵妃《ちょうき》とされる祥嬪――姜《きょう》楼蘭からのものであった。いや、実際には手紙というより、注文書と呼んだほうがふさわしいか。彼女が寄越してきたのは、太監たちが妃嬪の宮に備品を発注する際に使う書式なのだから。

──白泉宮に、豚を一頭。

太監による備品発注を装って、祥嬪が要求してきたのはそんな内容だった。

つい先ほど、瑞景宮の女官が火酒を求めてきたばかりだったから、矢継ぎ早の「注文」に驚いたが、よほど本気で攻撃にかかっているものと見える。

「あの女のことだ、嫌がらせなんてかわいらしいことでは済ませまい。いったいどうやって、白泉宮を陥れるつもりかな」

袁氏はうっすらと笑みを浮かべる。

図抜けた美しさと聡明《そうめい》さ、そして気位の高さを併せ持った寵妃のことを、彼はそれなりに気に入っていた。生意気な女は反吐《へど》が出るほど嫌いだが、こと祥嬪については、そうした態度を取らせぬ策を、すでに打ってある。

さらに言えば、これまで必死に高貴な佇《たたず》まいを保ってきた女が、いよいよなりふり構わず足掻《あが》こうとしているのが、愉快であった。

たとえば闘鶏《とうけい》などは、美麗な鶏が激しくもがく様こそが魅力なのだから。

「あの冴《さ》えない女たちばかり集まった白泉宮が、まさか寵妃の座を脅かす強敵になろうとは、さすがの祥嬪も思わなかったろうて」

折りたたんだ注文書を、ほかの注文書の束へと丁寧に合わせ入れながら、袁氏は嘯《うそぶ》く。

実を言えば、彼自身も、この展開には驚きを禁じ得なかった。

教養高い純貴人に、絵画が得意な明貴人、舞踊に秀でた恭貴人。

それぞれ才能豊かな女たちとはいえ、臆病な彼女たちは、権力者に歯向かってまで活躍はすまいと踏んでいたのに。

「珠珠……あの女のせいかな？」

ついで彼は、とある女の姿を思い描いた。

淡雪のごとき白肌に、黒く濡《ぬ》れた瞳《ひとみ》。

凜《りん》とした美貌《びぼう》を持ちながらも、表情豊かな女――珠珠のことを。

伝灯録《でんとうろく》を諳《そら》んじたなどという郭武官の証言を、今日までは半信半疑で聞いていたが、彼女の描く画は見事で、題材の選び方にもたしかな教養が感じられた。

不躾《ぶしつけ》な一面もあるが、己の栄達をなげうってまで袁氏を立ててみせた奥ゆかしさは、まあ評価してやってもいい。

なにより彼が注目したのは、珠珠がただそこにいるだけで、後宮の女たちがやけに活気づいているという、不思議な現象だった。

おそらく、彼女はあまりに素直なのだ。

むき出しの喜び、飾らない善意。田舎娘そのもののあけすけさで、ためらいもなく感情を表すものだから、周囲もそれに引きずられてゆく。

「あまり後宮がほのぼのとされても、困るのだがなあ」

ぼやいてから、ふと気付いた。

こんな感想を、数年前にも抱いたことがなかったろうかと。

（ああ、そうだ。あの肥え太った白豚妃がいたときだ）

袁氏は緩く苦笑した。

名前が似ているせいだろうか。珠珠なる女は、姿かたちはまったく違えど、四年前まで後宮にいた、ある人物を思わせるのだ。

あのみっともない、およそ妃嬪とも思えぬ豚女。

ただ、裏表のない性格と、まん丸とした体形には人心を和ませるなにかがあり、彼女が嬪であった数年、後宮は異様なほど平和だったものだ。

――だが、それでは困るのだ。

管理人にすぎぬ太監長が権力を掌握するには、妃嬪たちには怯《おび》えていてもらわねばならぬのだから。疑い合い、諍《いさか》い、団結などけっしてしないよう仕向けなくてはならない。

「珠珠、なあ？　祥嬪に代わる手駒に育ててもよいと思ったが、ああした性分は、かえって厄介かもしれぬ」

独りごちる袁氏にとって、珠珠も、祥嬪も、いくらでも替えの利く駒にすぎない。

彼は口の堅い小姓を呼び寄せ、注文通りに豚を白泉宮に送り付けるよう指示してから、どさりと椅子に腰を下ろした。きちんと整頓《せいとん》のされた棚を、満足げに眺める。

重厚な家具と、大量の書物に囲まれた、いかにも勤勉な太監長にふさわしい空間。

医術に通じるとの評判にふさわしく、ところどころに薬研《やげん》や薬草も置かれたそこは、典医の駐在する御薬房《ごやくぼう》にも似て、静謐《せいひつ》な知の雰囲気があった。

ここに詰めてばかりの袁氏のことを、周囲は清廉潔白で仕事熱心な人物と信じて疑わないが――彼がこの場を離れたがらない理由を知ったら、いったいどれだけ驚くだろうか。

「お手並み拝見といこうか、祥嬪」

皇帝や妃嬪の過ごす宮とは比べ物にならぬほど、小さな室。

けれど、このささやかな場所から、自分はこの大国の後宮を、いいや、天華国そのものを支配しているのだ。

その高揚感が、袁氏を鷹揚《おうよう》にした。

どの女も取るに足らぬ存在なのだから、それなら、付き合いの長さがある祥嬪・楼蘭のほうを、応援してやってもいい。

「豚を一頭、潰《つぶ》してやろう」

棚の一角――金璽《きんじ》や金印の並んだあたりを見つめ、袁氏はゆったりと目を細めた。

つづく

書き下ろし番外編　二度目の天運

「あたしはとびきりの娘を買ってこいと言ったのよ。こんな豚、頼んじゃいないわ」

ある冬の日、高級妓楼《ぎろう》「朱櫻楼《しゅおうろう》」の一室で、楼主の芳《ほう》は、不機嫌も露《あら》わに吐き捨てた。

声は明らかに男のそれだが、化粧を施したその顔は、看板妓女《ぎじょ》のような美しさである。

いいや、化粧に加えて簪《かんざし》を挿し、香まで焚《た》きしめている姿は、完全な女と言っていい。

椅子の肘《ひじ》起《お》きに頬杖《ほおづえ》をついた、その白い首にも、煙管《キセル》を摘まむ細い指にも、むせ返るほどの色香が溢《あふ》れていた。

芳に睨《にら》みつけられた女衒《ぜげん》——尽忠《じんちゅう》は、取りなすように肩を竦《すく》める。

いかめしい体と頬の傷を持つ彼は、朱櫻楼お抱えの用心棒の一人であったが、同時に、女の買い付け役、すなわち女衒の役目も任されていた。

「いやあ、楼主殿。こいつは結構な掘り出し物ですよ。今は熱を出してるみたいですが、持病もなく、色白。元は貴族って話で、読み書きもできます。朱櫻楼は、教養高い妓女揃いって評判だから、方針にもぴったりだ」

「おあいにく、『教養高い』の前に『美しく』というのが付くのよ」

尽忠の言い訳を、芳はぴしゃりと撥《は》ね除《の》ける。

それから、座敷の奥に引きずって来られた若い女を、上から下までとっくりと見つめた。

「ふん、みっともない豚ねェ。この娘を妓女に？　冗談でしょ。こんなん、客の前に出せるはずもないわ」

第一印象は、それに尽きた。

まず目に飛び込んでくるのは、その丸々とした体つき。豊満さより、だらしなさを感じさせる太さだ。

髪艶《つや》はいい。だが顔がいけない。唯一美点となりえそうな黒々とした瞳《ひとみ》さえ肉に埋もれ、本来の顔立ちがどうかもわかったものではなかった。

だいたい、先ほどから彼女は人目もはばからずに泣き崩れ、涙と鼻水を噴き出したその姿は、見苦しいことこの上ない。

（こいつは、はずれね）

毎日どこからか供給されてくる花街の女。

最初から美しい女などそうおらず、買い付けた時点ではどんな者でも打ち捨てられた石ころのごとき風体をしているのが常だったが、その中でも妓女として大成する女の特徴というのを、芳は知っている。

それは、泣かない女だ。

楼主を睨み付けるのでも、面倒くさそうに会話を拒否するのでもいい。これからその身を襲う不幸にひるまず、無力な涙をこぼさない、心の強い女。

そう、ちょうど今、飾り棚に活《い》けてある椿《つばき》のように、毅然《きぜん》と咲き誇り、萎《しお》れるよりも先に自ら花を落とす、潔い女だ。そうした女だけを、芳はずっと求めている。

その点、この少女は、しおしおと座り込み、臆面もなく涙を流しては洟《はな》を啜《すす》りと、まずもって期待できなかった。

「あんた、名は？」

「珠《じゅ》……珠《じゅ》、じゅ、じゅ、じゅっ、ぐ……っ」

「珠珠《じゅじゅ》？」

少女はぶるぶると首を横に振ったが、面倒になった芳はそれを無視し、彼女を「珠珠」と処理することに決めた。

「で、珠珠、あんたはなんでまたこの場に売られてきたのよ。見たところ、たしかに指にはあかぎれもないし、身に着けた衣も上等。上流の出のようね。肥えた体を見る限り、口減らしでもない。いくらあんたが豚とはいえ、貴族の娘を買おうものなら、それなりの価格がしようものだけど、あんたは、奴婢《ぬひ》の娘以下の額で買われてきたわ」

「わ……っ、ひっぐ、私、は……っ」

珠珠はしゃくりあげたまま口を開いたが、それよりも早く、まだるっこしい説明を面倒に思ったのだろう、尽忠がぐいと衣の身頃を引っ張った。

「ぎゃあ！」

「こうしたほうが早いだろ」

ぎょっとして悲鳴を上げる珠珠に、尽忠は悪びれもなく告げる。

芳は、寛《くつろ》げられた胸元にあるものを見て取って、顔をしかめた。

爛《ただ》れた「非」の文字――罪人を示す焼き印。

「元は後宮の中級妃だったそうです。が、妃嬪《ひひん》仲間の子を流しかけた廉《かど》で、焼き印を入れられ追放されたと。親族はすでに全家絶縁。送り届けた太監《たいかん》には、引き取ってくれるのかと感謝される状況でした」

「……ふぅん」

美貌《びぼう》の楼主は、静かに目を細めた。

芳は、ほんの一時とはいえ、宦官《かんがん》として皇宮に仕えたことがある。そしてまさに、自分自身が政争に負けて役職を奪われたからこそ、華やかな城の中が、陰謀の渦巻く闇深い場所であると理解していた。あそこでは、潔白な者でも容易に濡《ぬ》れ衣《ぎぬ》を着せられる。

目の前の、いかにも愚鈍な少女が本当に子流しの罪に手を染めたのかは疑問だったが、それを追及するほど、芳も正義感に溢れた人間ではなかった。

「……まあ、いいわ。王都に店を構える以上、皇宮には恩を売っておくに限るもの。貸しとして、受け入れようじゃない。それなりの取引はしたんでしょうね」

「官妓《かんぎ》としての登録を向こう五年保証すると。三年って言われたのを五年にしました」

「なかなかね」

「よかったです。実は、『元宦官だった楼主殿とのよしみで』と無理やり押し付けられちまいまして。こいつなら、看板妓女はまず無理だろうけど、『鼠《ねずみ》』としてならそこそこ使えるでしょう？　醜い女はいじめられやすい」

安堵《あんど》したように告げた尽忠に、芳は顔をしかめた。

「『鼠』、ねえ」

「鼠」とは、花街においては、最下層の妓女を指す。

給金と引き換えに汚れ仕事を担う下女ともまた異なり、妓女の身分にありながら、下働きを強いられる、最も哀れな女のことである。

花街の妓女たちは、鬱屈《うっくつ》している。人気が出れば公主《こうしゅ》並みの贅沢《ぜいたく》ができるとはいえ、身請けのない限りは籠《かご》の中で客を取らされ、序列や派閥に頭を悩まされ、ときには病にも蝕《むしば》まれるからだ。

そんな彼女たちの心を「まだ下がいる」と慰撫《いぶ》するための存在、それが「鼠」である。

「鼠」は妓女であるのに客も取れない。かといって下働きのように給金がもらえるわけでもない。一生汚れ仕事を押し付けられ、いじめられようが逃げる当てもない、無力で卑しい女だ。

妓女たちの統治のために弱者を用意する。この明らかに人倫に反したやり口が、芳はあまり好きではない。だが、きれいごとを言える身分でもないし、経営者として見たときに、やはり「鼠」の効果は有用であった。

特に今は、人気妓女の複数名が、性質《たち》の悪い客に付きまとわれて、妓楼内の空気は殺伐としている。

妓女同士が傷付け合わないためには、たしかに生贄《いけにえ》の存在は欲しいところだった。

――とはいえ。

(存在感がありすぎるわ。それでいて張り合いがなさすぎる)

座敷の奥で所在なく座り込み、おいおいと泣く少女を見て、芳は顔をしかめた。

いじめられっ子というのは、もっと線が細く、おどおどとしているのがいい。そうでなければ、懸命に涙を堪《こら》えたりして、いたぶり甲斐《がい》があるのがいい。

けれど珠珠の丸々とした頬や腹はむしろ滑稽《こっけい》、いいや、愛嬌《あいきょう》すらあり、もし突き飛ばしたら、嘲笑《ちょうしょう》よりは純粋に楽しげな笑いが出そうだった。

泣き声もどこかからっとした印象で、全然悲愴《ひそう》な感じがしない。

「うぅ……っ、お、お腹が、す、空《す》いたし、全身が、熱いし、なのに、氷菓子も果物も、食べられないし、私、もう……もうっ、どん底よおおお！」

　両手で顔を覆っての叫びも、本人は必死なのだろうが、いまひとつ緊迫感に欠ける。

（焼き印が原因の熱なんだろうけど……嘆く部分はそこでいいわけ？）

　呆《あき》れたものの、ほかの妓女に病を移さぬよう、ひとまず熱は下げてやらねばならない。

「ぎゃあぎゃあうるさい豚ねェ。次にあたしの前で叫んだら、その舌を切るわよ。ひとまず今日は薬をやるから、朝までに必ず熱を下げなさい。明日からあんたは肥桶番《こえおけばん》よ」

　敬語でしか接せられてこなかったろうところを恫喝《どうかつ》され、病でも半日しか休めず、しかも役目は肥桶番。普通の女ならば、とっくに心が折れているだろうが、珠珠は違った。

　言葉を聞くや、ぱっと顔を上げ、まじまじと芳を見つめてきたのである。

「薬を……頂けるんですか……!?」

「上等なやつは、看板妓女用。あんたには、雑草に毛が生えた程度よ。だいたい、あんたのためじゃなく、周囲のためだわ」

　なにしろ珠珠には、この後、妓楼中の女たちから攻撃されるという仕事が待っているのだから。病人相手には、さすがの妓女たちも手を出しにくいし、外聞も悪い。少なくとも体は健康でいてもらう必要があった。

　だが、珠珠がその後、目をきらきらさせながら続けた言葉に、芳はかくっとつんのめりそうになった。

「ありがとうございます！　あの、この御恩は、忘れるまでけっして忘れません！」

馬鹿らしすぎて気が抜けるというのは、こうした状況を指すのだろうか。

「……あっそ」

顔を引き攣《つ》らせたまま、頷《うなず》く。

そのまま尽忠に案内させ、珠珠を物置小屋に追い払うと、芳は意識を切り替えるように煙を吐き出し、背後の衝立《ついたて》へと呼びかけた。

「どう思う、春鈴《しゅんりん》？」

「そうねえ……」

声に応じてするりと衝立を出てきたのは、芳とはまた異なる趣の美女だ。

物憂げな雰囲気と、密《ひそ》やかな声を持つ彼女は、朱櫻楼の看板妓女の一人であり、その聡《そう》明《めい》さから芳の補佐も務めていた。かつて芳に買われたとき、泣かずに黙り込んで会話を拒否した女とは、彼女のことである。

春鈴は、猫のように静かな挙措で芳に近付くと、甘えるように肩に手を置いた。

「わたくしは、気に入ったわ。間抜けそうだし、騒がしいけど、彼女を見ているとなんだか……笑える」

笑いを嚙《か》み殺すようにして告げられた言葉は、けっして珠珠を高く評価するものではない。しかし、春鈴が静かにとはいえ笑うのは珍しいことで、その一つだけを取っても、珠珠を受け入れたのは正解だったのかもしれなかった。

「気に入ったからって、変に傍《そば》に置いたりしないでよ。あの子はあくまで、皆でいたぶるための『鼠』として、引き取りを認めたんだから」

「いじめるばかりが『鼠』ではないわ。愛玩動物として可愛がってもいいではないの」

「はん、あんたもまだまだ青いわねェ。女は一緒になにかを可愛がるときよりも、一緒になにかをいじめるときのほうが、数倍仲良くなるのよ」

芳は邪険に春鈴の手を振り払うと、かんっ、とひとつ煙管《キセル》を火鉢に打ち付け、灰を落とした。

「あの子には、身の程ってもんを弁《わきま》えてもらわないとねェ。今の阿呆《あほ》面じゃ、全然いたぶり甲斐がない。春鈴、あんた、あの子にちょいと、現実ってもんを教えてやんなさい」

「面倒だわ」

「よく言うわよ。人一倍気難しくて、何人も女童を追い払ったくせに」

「相手が勝手に逃げ出したのよ」

春鈴はいけしゃあしゃあと告げてから、やはり温度の読み取れない声で付け足した。

「正確には、『逃げ出そうとした』、ね」

この花街から逃げられる女なんて、いない。

春鈴の冷たさに絶望した、あるいは春鈴にそそのかされた女童たちは、思いつめた挙げ句この花街を出ていこうとし、男衆に捕まって厳罰に処されていた。

芳は再び溜息《ためいき》を落とすと、「とにかく、頼んだから」と言い捨て、席を立った。

物憂げで静かな佇《たたず》まいなのに、春鈴のやり口はえげつない。いや、あまり感情を乗せないからこそ、冷淡になれるのか。

（ま、数日も経てば、すっかりおどおどした、みじめな「鼠」ができあがるでしょ）

楼主はこれで忙しい。

さっさと結論付けると、芳は座椅子から腰を上げた。

颯爽《さっそう》とした足取りで扉をくぐりかけ、ふと廊下に活《い》けられた早咲きの梅に目を留める。

枝の切り方が悪かったのか、花のいくつかが早くも色褪《いろあ》せはじめていて、芳は不快さに目を細めた。

「ちょっと、春鈴。この梅を全部捨てておいて」

「なぜ？　まだ蕾《つぼみ》もたくさん残っているのに」

春鈴に声を掛けると、追い付いて来た彼女は面倒そうに首を傾げる。

「色褪せた花は、二度と元に戻らない。あたしは、萎れながら中途半端に咲く花というのが一番嫌いなのよ。見苦しい姿を見せるくらいなら、さっさと捨てて」

「潔癖症ねえ。身勝手でもあるわ。植物からすれば、花は実を付けるための前座でしかないのに、それにケチをつけるなんて」

「手折られた花は、人の目を楽しませるためにあるの」

芳は春鈴を振り返り、皮肉げな笑みを浮かべた。

「そのために手折られたのに、目に快くないだなんて、この花になんの意味があるの？　けっして実を結ぶことなどない切り花だからこそ、理想の美を求めるの。わかるわね？」

美しくあれ、潔くあれ。すでに故郷の枝から切り取られてしまった妓女《はな》に、それ以外の生き様はないのだから。

「……明明《めいめい》にでもやらせるわ」

ひらりと両手を掲げた春鈴相手に「じゃァ、よろしくね」とだけ告げ、芳は今度こそ室を出ていった。

歩きながら、考える。

強い女。椿《つばき》のように、美しいまま自ら散ってゆく潔い女。

そうした女だけが花街で大成するというのは、きっと正解だ。だが、そのすべてを体現する女に、芳は未《いま》だに出会えずにいる。春鈴は執着心を持ち合わせないぶん、ほかの娘たちよりは潔いけれど、強さの点では、あまり確信が持てない。

「どこかにいないもんかしらねえ。理想の妓女《おんな》は」

ぼやくようにして呟《つぶや》き、芳は香の漂う妓楼《ぎろう》を通り抜けていった。

＊＊＊

さて、それから半月もしない日のことである。

座敷を終えた明け方、春鈴とちょうど会話を持つ機会のあった芳は、やけに上機嫌な相手を怪訝《けげん》に思った。

「春鈴、なんだってそんなにご機嫌なのよ。気味が悪いわねェ」

「だって、楼主様。珠珠ったらもう、笑わずにいられないわ」

日頃はせいぜい物憂げな微笑しか見せぬ春鈴が、このときは白い歯まで見せている。はしたないわね、と咎《とが》めながらも、事情が気になり尋ねれば、春鈴は「あの娘が本当に面白い」と言う。

彼女が語るには、この半月、珠珠は朱櫻楼でこのように過ごしてきたのだった。

「まずね、下働きの初日に、泣き面でも見せるのかしらと様子を見に行ったら、なぜかやる気満々なのよ。目が据わっているっていうのかしらね？　もう泣かないのと尋ねたら、『ここの食事は薄味で、いざとなれば涙で塩味を補わなければならないので、取っておこうと決めたんです』って」

強がりではなく、しみじみとした口調で告げる珠珠に、春鈴は思わず噴き出してしまったそうだ。そして、宣言通り、昨夜までわんわん泣いていたことも忘れたように、真剣に肥桶洗いの仕事を学びはじめた彼女の姿を、つい愉快になって見守ってしまった。

　矜持《きょうじ》もへったくれもない、すぐに泣き出す間抜けな少女だが、少なくとも、意識の切り替えは非常に早いなと、そこは素直に感心したのだという。

「それでね、だいたいの妓《こ》は、肥桶を見るだけで及び腰になるっていうのに、あの子はむんずとたわしを握りしめて、肥桶婆《ばば》に向かって、きちっと頭を下げるのよ。まるで舞の指南でも乞うように、『ご指導よろしくお願いいたします』って。これには、気難しい丹丹《たんたん》婆《ばあ》さんもびっくり」

　丹丹は、この朱櫻楼で長く下働きをしている老婆だが、元はそれなりの妓楼で室を持っていた女だ。

　身請けのないまま年季が明けてしまった彼女は、汚れ仕事でも文句を言わずこなす性格を見込まれ、朱櫻楼の下女に落ち着いたのだったが、不愛想で怒りっぽく、下級妓女《ぎじょ》ならひと睨《にら》みで泣かせてしまうほどの迫力の持ち主だった。

　ところが珠珠は、その剝《む》き出しの敵意になんら怯《おび》える気配もなく、相手が呆気《あっけ》に取られている隙を突くようにして、「まずは丹丹師匠がお手本を」との流れにさっさと持ち込んでしまった。

　そうして、戸惑いつつも肥桶のひとつを洗ってみせた丹丹に、いちいち感嘆したり、大きく頷いたりしながら、最後には合いの手まで入れ始めたのだ。

「だいたい、このへりのところに汚れがこびりつくから、ここを擦《こす》って――」

「あいや、細かな仕事ぶり！」

「……それで、汚水はこっちの甕《かめ》に一度移しておく」

「音も立てぬ玄人《くろうと》仕事！　やんや！」

ものすごく騒がしいし、鬱陶《うっとう》しく感じてしかるべきなのだが、そのきらきらとした眼差《まなざ》しや、なにも考えていなそうな顔つきには、なんとも言えぬ愛嬌《あいきょう》がある。そう、信じられないことに、珠珠はまったくもって真剣なのだ。

それで、甕を持ち上げた丹丹が、無意識に「よっこいしょ」と呟いたとき、珠珠が真顔で「はーどっこいしょ」と返してきたのを機に、とうとう丹丹も「ぐっ」と笑いだしてしまった。

「あんたね、ふざけてんじゃないよ。調子が狂うじゃないか」

「すみません。ふざけているつもりじゃなかったんです。でも、堂に入った腰つきと、音楽的な退《すさ》り具合を前に、なにか言わなきゃいけない気になってしまって」

「なんだいそりゃ」

神妙な顔で詫《わ》びる珠珠に、丹丹は肩を震わせた。どうやらすっかりツボに入ってしまったらしい。その後、丹丹の動きを完全に再現しながら肥桶を洗ってみせたこともあり、彼女は初日から少女を気に入ってしまったのだという。

「……あの、丹丹婆が？　女童どころか、下級妓女までいびり抜いてきた」

「そう、あの丹丹婆よ。最近じゃ二人できゃっきゃと笑いながら肥桶洗いをしているもんだから、通りかかるたびに、『肥桶洗いって、祖母と孫がよくやる遊戯だったかしら』と錯覚してしまうわ」

肩を竦めた春鈴に、芳は顔をしかめた。

買ったのは憂さ晴らしのための「鼠《ねずみ》」だ。丹丹に庇護《ひご》されて、妓女たちが手を出せないのでは、意味がない。

「楽しげにさせてどうすんのよ。仕事をもっと増やしなさい」

「もう増やしていてよ」

「は？」

こともなげに寄越《よこ》された返答に、芳はぽかんとした。

「というか、こちらが言いつける前に、あの子が勝手にしているの。肥桶は毎日二回ずつ洗っているみたいね。灰を撒《ま》いたり、木くずを燻《いぶ》したりもしてくれて、肥桶がちっとも臭わなくなったわ。この前なんて、話しかけてくるからなにかと思えば、『最近桶の中身が硬いようなので、もう少し菜を召しあがったほうがいいと思います』って」

「なにそれ……」

言われてみればたしかに、最近、香の使用料が少しだけ減った。それは、厠《かわや》の臭いを隠すために、廊下でふんだんに焚《た》いていた香を、そこまで使わなくてもよくなったせいだったのだ。

「……意外に役に立つわね」

芳は唸《うな》ったが、いやいやと思い直す。

気の利く下女は、排泄《はいせつ》物の臭いを軽減してくれたかもしれないが、そんなものより、妓女たちの間に漂う鬱屈した空気を軽減してもらいたいのだ。現に、春鈴とは異なる看板妓女・凛風《りんふう》が、積み重なる客の横暴のせいでぴりついている。今は女童に八つ当たりする程度で済んでいるようだが、春鈴の派閥に諍《いさか》いを吹っかけて、妓楼全体が殺伐としてしまっては、いなすのが大変だ。

苛立《いらだ》った猫には、早々に鼠のおもちゃを差し出すに限る。

「珠珠には、辛気臭くいてもらわなきゃ困るのよ。春鈴、あんた、底意地の悪い手駒が二人ほどいたでしょ。彼女たちでも使って、さっさと珠珠の心を折っておいてよ」

「そう、それがまた面白かったのよ」

だが、返ってきた答えは予想だにしないものだった。

春鈴はすでに、己の派閥に属する中級妓女を使って、珠珠を追い詰める試みをしたのだそうだ。

「美英《びえい》は同情を引いてから裏切るのが得意だし、明明は下剤やら強壮剤やらを使った悪戯《いたずら》が得意でしょう？　わたくしは珠珠を気に入っているけれど、楼主様のご命令だから、二人にそれぞれ珠珠をいじめるように頼んでみたの」

気まぐれな春鈴に申しつけられたことで、美英と明明は大いに張り切った。それぞれが作戦を実行するのを、春鈴は少し離れた場所から見物していた。

すると、予想外の展開が起きたのだ。

「まずねえ、明明が珠珠に、饅頭《まんじゅう》を差し出したのよ。強力な下剤入りのね。それも、よりによって、上級妓女であるわたくしの室を掃除する前によ」

「室を汚させて、罰を与えようと言う寸法ね」

「そう。ところが珠珠は、昼前で空腹だったはずなのに、それを食べなかった。大事に懐にしまって、仕事の合間に取り出しては、宝物を見るみたいににこにこ眺めていたのよ。よほど嬉《うれ》しかったのね。かわいいわ」

あの豚のような少女が饅頭を取っておくのは意外だったが、一方では、彼女にしっくり馴染《なじ》む行為にも思われて、芳は片方の眉《まゆ》を上げるに止《とど》めた。

「そうして翌日には、世間話を装って美英が珠珠に接触したの。弱みを見せて同情を引き、自分のために奔走させた挙げ句裏切るのが美英流。彼女は実に巧みな話芸で、自分が売られたときの話を始めたわ。すると、『私にはよくできた弟がいてね……』の時点で、珠珠が『待って、私そういうのダメなの』とぼろ泣き」

「いや早すぎんだろ」

思わず芳の口調が乱れた。

だいたい、「塩がもったいないからもう泣かない」との決意はどこへ行ったのだ。突っ込みどころが多すぎて、反応に悩んだ。

「以降も、『弟は雪の日にもかじかんだ手で勉強を』で鼻水を噴き出し、『試験代を捻出《ねんしゅつ》するために売られた日には、弟は泣きながら追いかけて』で濁った嗚咽《おえつ》を漏らし、その激しい泣きっぷりに、美英が引きはじめた」

「あたしでも引くわよ」

「顔をぐしゃぐしゃにした珠珠は、美英の腕を取って『つらかったわねえ、本当にしんどかったわねえ』と号泣。最後には、『今、私があげられるのは、これしかないけど』と懐を漁《あさ》りはじめて……ね、後はわかるでしょ？」

芳は顔を引き攣《つ》らせた。

「まさか」

「饅頭はとてもきれいに保存されていたのよ。『春鈴姐《ねえ》さんの室でもらったんだ』と言われて、美英はすっかり油断したし、なによりその場から早く解放されたかったのでしょう。手早く一口かじって、『わあ、おいしいわ、ありがとう』と立ち去ろうとした。焦りが敗因ね」

つまり珠珠は、己の手をまったく汚すことなく、二人の悪意をひょいと躱《かわ》して相殺させたのだ。美英は半日、盛大に腹を下すはめになったという。

「さっき真相を知った美英が、明明に激怒して、明明も自分のせいじゃないと言い返して、大げんか。で、たまたま通りがかった珠珠が焦り顔で、『落ち着いてください。空腹がいけないんです。お饅頭でも食べますか？』よ。ああ、まったく、面白いったら」

それでこんなに上機嫌なのだ。くすくすと肩を震わせる春鈴に、芳は呆《あき》れた。

自分の手駒の失敗を笑うなんてどうかしている。

だいたい、春鈴には及ばないとはいえ、美英も明明もそれなりの稼ぎを持つ中級妓女なのだ。腹を下しては客を取れないし、取っ組み合いの喧嘩《けんか》をして、顔に傷でも負ったらことだ。

「呑気《のんき》に笑ってんじゃないわよ。『鼠』が『鼠』として機能しないんじゃ困るわ」

芳は、まだ愉快そうに頬を緩めている春鈴を、軽く睨みつけた。

「あんたも、もっと気合いを入れてあの子をいたぶんなさい。手本を示さなきゃ」

「やぁよ。というか、わたくしはもう手を尽くしたのよ。あの子はね、悪意を撥《は》ねのける天運があるんだわ。楼主様も自分で確かめてみて。そうしたらきっと、わかるから」

が、春鈴は生意気に答えるだけだ。

珍しいことだが、かなりあの少女に肩入れしているらしい。

どうやら珠珠の心を折り、「鼠」としての仕事を全うさせるには、自ら動くしかなさそうだ。

芳は溜息《ためいき》を落とし、彼女がいるという肥桶置き場に向かったのだった。

＊＊＊

冬の朝は身を切る寒さだが、わずかに宵闇を残した空は澄んでいる。

久しぶりに足を踏み入れた肥桶置き場の様子を見て、芳は怪訝《けげん》さに眉を寄せた。

(こんなに、清潔な場所だったかしら?)

以前なら、敷地に近付くだけで鼻を摘まみたくなる異臭が漂っていたはずだが、それがない。歩くのを躊躇《ためら》うほど、あちこちに散らばっていた汚水の水溜《みずた》まりもなく、洗い終えた肥桶が、整然と並べられていた。

目的の少女は、こちらに背を向けて最後の肥桶を洗っているところだ。ともにいるはずの丹丹の姿は見えない。まだ夜が明けたばかりだ、寝ているのだろう。

歌でも歌っているのか、たわしを握る珠珠の腕の動きは規則的で、どこか楽しげでさえある。

春鈴から聞いていたとはいえ、こんなに生き生きと汚れ仕事に臨む女を初めて見た芳は、驚きのあまりしばし光景を見守ってしまった。

やがて珠珠は肥桶を洗い終えたのか、引っ繰り返してほかの肥桶の隣に並べる。たわしに残った汚水を振り落とし、なぜか地面に埋まった石板に向かってがりがりと擦《こす》りつけると、ようやく満足したようにたわしを置き、小ぶりな桶で丁寧に手を洗った。

「ずいぶん楽しそうじゃないのよ」

芳がようやく話しかけると、驚いたのだろう、珠珠は肩を揺らし、「おわっ!?」と勢いよく振り返る。

芳の姿を認めると、白豚を思わせる顔に、まったく邪気のない笑みを浮かべた。

「楼主様！　おはようございます」

「……おはよう」

礼儀正しい人間は、嫌いではない。芳は仏頂面で挨拶《あいさつ》を返してから、尋ねた。

「ずいぶん早くから働いてんじゃない」

「肥桶って、日が昇って暖かくなると余計に臭うんですよ。ましなうちに、さっさと洗ったほうがいいと学びまして。夜のお座敷で集まったものばかりだから、新鮮でこびりつきにくいですし」

「新鮮」

答える顔は真剣だし、どことなく得意げだ。もたらされた肥桶情報に、芳がどんな反応をしていいかわからずにいると、珠珠は神妙な表情で頷《うなず》いた。

「そう、新鮮さって重要なんです。でもそれ以上に重要なのは、前日に食べた献立ですね。野菜が主だと多少の御しやすさがあるんですが、肉魚が主だとやはり手こずります。でも意外なのが醬《じゃん》みたいな発酵食品で、それ自体は臭うんですけど、たくさん摂取して出てきたものというのは意外にも――」

「やめて。べつに肥桶談義を聞きにきたわけじゃないわ」

芳はそっけなく遮った。そう、ここには、彼女の心を折るつもりで来たのだ。

たとえば、その仕事ぶりを貶《けな》したり、惨めさを嘲笑《あざわら》ったりして。

だが、見た限り、敷地は過去に例を見ないほど清潔に保たれており、肥桶の管理も、働く姿勢も申し分なかった。

元は妃《きさき》だったくせに、いまは糞臭《くそ》いことね、などと意地悪く言ってみせても、彼女なら真顔で頷いて、「そうなんです、やはり前日の炙《あぶ》り肉に一因が」などと答えるだろう。

攻め方を決めあぐねた芳は、整った口元を歪《ゆが》めた。

「あんた、わかってるわけ？」

「え？」

「自分の境遇のこと。あんたは肥桶番なのよ。客も取れず、でも名目上は妓女《ぎじょ》だから給金もなく、つまり一生ここを出ていく当てもなく、ひたすら人がひり出した汚物の後始末をしつづけるの。誰もに蔑《さげす》まれながらね」

すぐ傍《そば》に丹丹という先輩がいるから、さほど悲観していないのかもしれないが、実際には珠珠の立場のほうが悲惨だ。丹丹は下働きの身分なので給金も出るし、すでに労《いたわ》りを受けるべき年齢に差し掛かった。けれど珠珠は、これから何十年も、元の境遇との落差や、侮蔑《ぶべつ》の眼差《まなざ》しに苦しみながら、対価のない労働を捧《ささ》げ続けなければならないのだから。

「…………」

珠珠はふいに押し黙ると、手洗い用の桶の横に置いていた、小さな容器からなにかを掬《すく》い取った。それを両手にすり込んでいる。

「なにそれ？」

「沈香《じんこう》の木くずと、みかんの皮を削って混ぜたものです。こうすると、臭いが取れるんですよ。肥桶にもよく撒《ま》いています」

答えてから、彼女は躊躇いがちに付け足した。

「春鈴姐さんと、御厨《みくり》からもらいました。まあ、厳密にはそれぞれ、木くずと生ごみを投げつけられただけではあるんですけど」

意外にも、嫌がらせにはすでにしっかり遭っていたらしい。軽く目を瞠《みは》った芳の前で、珠珠は考えをまとめるように、ぽつりぽつりと話した。

「投げつけられたときは、すごく泣いたけど、その後、意外に使えることに気付きました。もう少し欲しいと思って、姐さんに尋ねたら驚かれてしまって、それから姐さんも料理人も変な顔をして、木くずや陳皮をくれるようになりました。今度は投げずにです」

芳もまた、変な顔になってしまいながら、話を聞いていた。

「妓楼《ぎろう》の二階から、大きな石板が降ってきたこともありました。怖かったけど、落としてきた姐さんに尋ねたら、返さなくていいと言われたので、今はたわしの汚れ落としに使わせてもらっています」

怯《おび》えさせるつもりで石板を落とし、返却が必要かを問われた妓女は、どんな気持ちだったろうか。芳はなんともいえぬ思いで唇を歪めた。

「そんな感じで、ふと気付いたんです。嫌がらせって、向こうから来られるとすごく怖いし、悲しいけど、こちらから迎えに行けば、わりと平気です。肥桶も、押し付けられると嫌だけど、自分から集めて、さっさと洗ってしまえば、そこまで臭わない」

だから、と、珠珠は、そこでまた言葉に悩むように眉を寄せた。

「ええと……なにが言いたかったかというと……」

「もういいわ」

途中で結論を見失ってしまったらしい少女のことを、芳は腕を振って遮った。

要は、悪意からでも小さな幸せの種を見出《みいだ》せば――前向きであれば道は拓《ひら》ける、と彼女は言いたいわけだ。そんな綺麗《きれい》ごとが通用してたまるものか、とも思うが、今のところ彼女の周りでは通用してしまっているので、頭ごなしには否定できない。

　ただし芳は意地悪く指摘してやった。

「これまではそのやり方で成功しているから、まだ希望を持てているってわけね。はん、でも言っとくけど、あんたのその前向きな考え方って、一度でも空回りしたら、一気に絶望に変わるわよ」

「空回りなら、もう何度もしています」

　だが珠珠は、意外にもすんなりとそれを受け流した。

「丹丹師匠には、気安く接したほうが喜ばれるのかと思って調子に乗って抱きついたら、本気で殴られました。春鈴姐さんにも、愛想よくしようと思って笑っていたら、その日は機嫌が悪かったみたいで、笑顔がむかつくと突然お酒を浴びせられました」

　ほかにも、と指折りながら事例をあげていく珠珠に、聞いている芳の顔が引き攣る。それだけの空回りを重ねても懲りない心の強さがすごいし、最終的には泣きついて許してもらえたという結果もまたすごい。

「あんた、それだけ失敗だらけで、よく今日まで無事でいたわね」

「一度失敗しないと、わからないんですよね、私」

　珠珠はばつが悪そうに頷く。

その瞳《ひとみ》は、目の前の肥桶を見つめているようで、その実、ここではない遠くの光景を眺めているかのようでもあった。

「そう。必ず失敗して……後から気付くんだわ」

その黒い瞳には今、どんな過去がよぎっているのであろうか。

珠珠は淡い苦笑を浮かべていた。

「丹丹師匠は、妓女時代の経験から、抱きつかれるのが怖いんです。春鈴姐《ねえ》さんは、日頃あまり感情を動かさないけど、雨が降ると不機嫌になる。そういうことを、私は一度やらかしてからじゃないと……気付けないんですよね」

なにを思い出したのか、つぶらな瞳にほんのわずか、涙がにじみかける。

珠珠はそれをごまかすようにうつむき、無意識にだろう、地に生えた雑草を撫《な》でた。

「手掛かりはいっぱいあったはずで、言葉にはもっといろんな意味が込められていたはずで、……でも、全然、気にしていなかった。ぼけっと能天気に、聞き流してました」

指先が触れるのは、小さな青い花だ。

冬だろうが構わずに咲く、けれど特別美しくも芳しくもない、小さな花。

「馬鹿だなあ、って思います」

そのとき、さあっと吹き渡った冬の風が野花を揺らし、珠珠は寒そうに手を引っ込める。

それをなんとなく見守りながら、芳は思った。

失敗ばかりする己を愚かだと笑う彼女だが、本当はこの少女は、とても聡《さと》いのではないだろうかと。

だって彼女は、空回りしてしまった後で、そこから必ずなにかを学んでいる。失敗自体は多くても、少なくともその相手に同じ過ちは繰り返していない。

(間違えるから愚かなのではなく、間違えるたびに、成長しているのではないかしら)

改めて目の前の少女を見つめてみる。

この半月の重労働のせいか、はたまた頻繁に食事を抜かれるせいか、珠珠は確実に細くなった。肉に埋もれていた印象しかなかった顔も、ずいぶんすっきりし、黒々とした瞳が目立ちはじめている。

そういえば、姿勢もよくなった。座敷に連れて来られたときは、甘やかされた子どもか、そうでなければ溺愛《できあい》されてきた愛玩動物のように、ぐずぐずと縋《すが》りつくばかりだったのに、ちょっと見ない間に、背筋を伸ばすようになったものだ。

だらしなさそうに見えた所作も、だいぶきびきびとして、今も風で飛ばされそうになったたわしを、さりげなく掴《つか》んで元の位置に戻している。

ふと、たわしの下に敷かれた石板を見た芳は、そこに汚水で文字が書かれているのに気付いて、怪訝さに目を瞬《しばたた》かせた。

書かれているのは、「麗」の文字だ。

「なんなの、その字？」

「え？」

問われた珠珠は、我に返ったように振り返る。

それから石板に視線を落とすと、「ああ」と、照れたように笑った。

「汚水を擦り落とすときに、ただガリガリやるのもつまらないので、字を書いてるんです。『麗』とか『慈』とか『徳』とか、画数が多くてきれいな字を。ほら、ここって、宮中にも劣らないくらい、たくさんの巻物や扁額《へんがく》があるから、その真似《まね》を」

「糞の溶けた水で字を書いて楽しいわけ？」

「うーん、どうでしょう。でも、汚いものであえてきれいな意味の字を書くって、なんか芸術、って感じがしません？　気分が上がらないでもないです」

ニヤニヤとする珠珠に、芳は今度こそ絶句した。

前向きでさえあれば、などという発想はいかにも綺麗ごとで気に食わないが、この少女の、苦難から楽しさを見出《みいだ》す姿勢ときたら、もはや一種の才能だ。

字は、何度も書いたものだからだろう。それとも扁額のものを徹底的に真似たからなのか、ずいぶんと美しい。

初日に登録のため名を書かせたときは、たしかそれほど達筆でもなかったはずだから、きっとこれも、小さな「失敗」を重ねて上達したものと思われた。

（二度目で成功する女、ねえ）

芳は、風に揺れる小さな野花を見つめた。

地味で冴《さ》えない青い花は、なんだかこの少女のようだ。

見苦しくなる前に自ら散ってゆく椿《つばき》のような、潔さはない。

代わりに、しぶとく地に留《とど》まり、踏みにじられても、懲りずに返り咲く。

（そんな花の在り方も、あるのかもしれない）

ずっと、気高く強い花を探していた。

目に快く、いつまでも美しく、枯れるとなれば一息に散る、強い花を。

けれどもしかしたら、本当に気高く強い花とは、枯れにくい花ではなく、一度枯れても復活してしまう、雑草のような花なのかもしれない。

たとえば、そう。

すぐに泣き出すわりに、翌日にはけろりとしている、この少女のように。

「そのうち嫌がらせで、もうひと回り大きな板が降ってくるかもしれないから、そのときは詩を書いてみようと考えているんですよ。とびきりクサい恋歌を、とびきり臭い汚水で
……うふふ」

「あんた、詩なんて詠めるの」

「苦手でしたけど、姐さんたちが毎日詠んでますもん。いやでも覚えます」

芳はまじまじと珠珠の顔を見つめた。

思えばこの娘は、呑《の》み込みが早い。肥桶洗いも、字も詩も、自称「失敗」を繰り返してはみるみる上達してゆく。

そういえば、甘ったれな態度のせいでつい見過ごしていたが、滑舌もいいし、沈香《じんこう》や陳《ちん》皮《ぴ》といった香道《こうどう》の心得も多少はあると見える。いろいろな分野に素養があったのかもしれない。

おそらくだが、これまでの宮中で彼女は、愛玩動物としての地位に甘んじ、努力などしたことがなかったのだろう。

あるいは、愛玩される術《すべ》ばかりを身に付けていたと表現すべきか。「できない」無能さこそが愛嬌《あいきょう》であり、彼女の武器だったのだ。

ところが、この困難な環境に放り込まれて、珠珠は変わった。焼き印という痛烈な「失敗の代償」を経験した彼女は、あらゆる努力を払って、成長しようとしているのだ。

芳は、じわじわと心の奥底から、興奮が湧きあがってくるのを感じた。

この娘は、もしかしたら——とんだ掘り出し物なのかもしれない。

「……あんたさァ」

「はい？」

「どうせ書くなら、墨で書きなさいよ。今日の夕方、あたしの室に来なさい」

たとえば彼女に、上等な筆と墨で字を書かせたらどうなるだろう。上等の沈香を与えてみせたら。礼状書きの代役くらいは務められるようになるかもしれないし、今はもっぱら芳が担当している香の調合も、多少は手伝えるようになるかもしれない。

「へ……？」

この娘は、真っ白な布だ。染料を加えれば加えるだけ、きっと鮮やかに染め上がる。

「ただし、水を浴びて、全身に木くずと陳皮をしっかりすり込んでからにしてよ」

芳は片方の眉《まゆ》を上げながら、しっかりと付け足した。

＊＊＊

それから三月ほどが、あっという間に過ぎた。

徐々に芳との時間を長くしていった珠珠は、書を学び、化粧や歌、舞を覚え、最近では芳の補佐役として、香などの買い出しも任されている。

輪郭も、一層すっきりとしてきた。今や目鼻立ちがはっきりとし、黒々とした瞳や、吸い付くような白い肌が強く目を引く。黙っていれば凛《りん》とした美貌《びぼう》に見えるのに、口元を綻《ほころ》ばせると途端に清々《すがすが》しい明るさに満ち、見ていて飽きない顔である。

珠珠は多才だ。心根もいいし、なにより、雑草に通ずる逞《たくま》しさと愛嬌がある。「鼠《ねずみ》」として彼女を引き受けたはずなのに、今や妓楼《ぎろう》で珠珠をいたぶる者などいない。朗らかで、間が抜けていて、けれど妙な聡さをも持っている彼女を、妓女《ぎじょ》たちは可愛がるだけだ。女同士のちょっとした諍《いさか》いが起きたときも、とりあえず珠珠を間に立たせておけば、なんとなく気が抜けてお開きになる、といった具合である。相変わらず悪質な客に苛立《いらだ》たされることはあるものの、妓楼の空気は、驚くほど丸くなった。

ある意味では、珠珠は「鼠」の役目を立派にこなしている。

だが、これだけ妓楼で才覚を見せはじめているなら、妓女として客を取らせてもいいのかもしれない。芳は次第に、そう悩むようになった。

胸元の焼き印は問題だが、刺青で隠すなどのやり方も、あるにはある。

このまま「鼠」に留めるか、それとも上級の妓女に磨き上げるか――。

そんなとき、ある事件が起こった。

買い出しに行った珠珠が、店で男性客に絡まれ、汚物をぶちまけられたというのだ。その日珠珠は、寝つきの悪い芳のために、安眠効果のある曼荼羅華《まんだらげ》の香を買いに行ったところだった。

からんできた客は、花街でも悪名高い官吏で、曹《そう》氏と言う。官妓《かんぎ》の登録権限を持つ戸部《こぶ》尚書《しょうしょ》侍郎の肩書を笠《かさ》に、妓女たちを好き放題に弄《もてあそ》んでいる男だ。

朱櫻楼が長らく頭を悩ませてきた客というのも、まさに彼のことだったのだが、とうとう珠珠まで目を付けられてしまったらしい。

男は香や薬草を扱う店先で、珠珠をしつこく口説き、店に並ぶ商品を手に取って、「薄汚い奴婢《ぬひ》のおまえにも、私ならばこの上等な白檀《びゃくだん》を贈ってやる」と豪語した。

ところが珠珠ときたら、真顔でこう返してしまったのである。

「あっ。それは白檀ではなく、単なる杉ですよ」

と。

彼女からすれば、それは親切のつもりだった。

買い間違えてはいけないと考え、忠告をしたのだ。

だが、まさか蔑《さげす》んでいた「奴婢」から訂正されると思わなかった曹氏は、逆上した。

さらに言えば、肌をまさぐろうとしたのに、「たかが奴婢風情」が尻《しり》もちをついた珠珠に向かって、ちょう

も許せなかったらしい。店の外に突き飛ばすと、尻もちをついた珠珠に向かって、ちょうど回収にきていたその店の肥桶番《こえおけ》から柄杓《ひしゃく》を奪い取ると、中身を浴びせかけたのだ。

「たかだか肥桶番の娘風情が、図に乗りおって。分を弁《わきま》えろ」

それが男の捨て台詞《ぜりふ》だった。

「危機は機会に、って思って過ごしてきましたけど……はは。さすがにこれは、機会にもならない危機です。唯一の外行きが、めちゃくちゃ臭い……」

汚物にまみれ、途方に暮れた顔で返ってきた珠珠に、芳は絶句した。

「楼主様、すみません。転んだ拍子に、曼荼羅華の香を落としてきてしまいました」

珠珠は、泣かなかった。

肩を落としてへらりと笑い、目の端に滲《にじ》んでいた涙はけっして流さなかった。

一度目に泣いたとき、芳に「舌を切る」と言われたからだ。

「……その衣を、捨てておいで」

芳は、心の奥底から怒りが込み上げるのを感じた。

この娘は、身内だ。

いつも能天気で、阿呆《あほう》みたいに明るくて、いつも目をきらきらさせていなくてはならない——大切な、弟子。

「えっ！　いや、でも、洗えばいけるかも……？　うん、私の技術をもってすれば——」

「あんたにもう、下働きのお仕着せは与えない。今夜からは、刺繍《ししゅう》入りの衣を着なさい」

それはつまり、妓女の装いをさせるということだ。

「へ……!?」

目を白黒させる珠珠に、芳は言い渡した。

「ちょうど今夜、曹氏の座敷が入っている。あんたはそこに、妓女として出るのよ」

この少女は美しくなった。

みるみるうちに成長を積み重ね、椿よりも強く、梅よりも誇り高い、大輪の花を咲かせようとしている。

もはや「鼠」の身分に留めていては、いけなかったのだ。

「いわゆる、初お目見えね。処女ってのは高いのよ。存分に吹っかけて、あの糞野郎《くそ》からケツの毛一本残らずむしり取った挙げ句、大恥かかせてやる」

曹氏は官妓登録の権限を持つ厄介な相手だが、初お目見えとあらば、どんな高額を突きつけても許される。

貢がせて、期待させて、最後にきっぱりと断ってやろう。

「でも、そんなことしたら、朱櫻楼のほうに悪評が立ってしまうんじゃ……」

「いいのよ。どのみち、こちらも我慢の限界だったわ。本当なら即日で出入り禁止にしたいくらいなんだから」

芳は言い捨て、さっさと準備に取り掛かろうとしたが、それを珠珠本人が制止した。

「待ってください」

「なによ。言っとくけど、この程度で朱櫻楼が揺らぐと思ってるんなら、はっ倒すわよ」

「いえ、そうではなくて」

珠珠は心底、真剣な顔だった。

「今日は、丹丹師匠が風邪で寝込んでいるんですよ。大きな座敷がある日は、酔っぱらいの介抱もしなきゃいけないでしょう？　私が肥桶番を務めないと」

「そんなの――」

　誰がやっても、と言いかけて、芳は口をつぐんだ。

　そんなことはない。

　珠珠が肥桶番を務めるようになって、朱櫻楼は明らかに清潔になった。酔っぱらいの介抱も的確で、常連には「ここには医官より当てになる肥桶番がいる」と評判になるほどだ。

　酒癖の悪い曹氏の座敷は、いつも「汚い」。ほかの客に気取られないよう、裏で滑らかに諸々《もろもろ》の処理をするためには、たしかに珠珠の力が必要だった。

「大丈夫です。私、実はそんなに気にしてないんです。ほら、汚物を浴びるって、考えてみれば日常ですし。今日はその濃度が高かっただけというか」

「……明日、新しいお仕着せをやるわ」

　結局、そう微笑《ほほえ》む珠珠に対し、芳は低い声で告げるに留めたのだった。

　――が。

（おかしいわ。あの子、どこに行ったのよ？）

あちこちで赤い灯篭《とうろう》が揺れる妓楼の中を、芳はいらいらと歩き回った。

すっかり満月も昇って久しい頃だ。

どこの座敷でも、すでに酒宴は終《しま》いとなって、徐々に艶《つや》めいた声が上がりはじめている。こうなれば、料理人は皿を洗い、肥桶番は汚物を片付け、楼主は見回りを終え次第、金を数えるというのがいつもの流れである。

ところが、珠珠がいない。

今宵《こよい》の曹氏の座敷も相変わらず不快極まりなく、芳は極力珠珠を近付けないようにしていたが、宴《うたげ》も終いとなった今、彼女は真っ先に、桶と手拭《てぬぐ》いを持ってこの場にやってきているはずである。

だというのに、いつまで経っても、どの室にもやってこない。それで、芳はあちこちを捜し回っているのだった。

「楼主様、ちょっと」

と、そこに気だるげな声が掛かる。

春鈴だ。

「春鈴？　あんた、伽《とぎ》はどうしたのよ」

この時間、彼女は曹氏とむつみ合っているはずだ。

驚いて尋ねると、看板妓女は困惑した様子で肩を竦《すく》めた。

「それが、酔い覚ましに、夜風に当たって煙管《キセル》を吹かしたいと言ってねえ、厠《かわや》のほうへ出ていったのよ。でも、全然戻ってこないの」

厠と言えば、肥桶置き場――珠珠の持ち場とほど近い場所だ。

嫌な予感のした芳は、思わず顔をしかめた。

「まずいわね。今日の今日で、酒も入った状態であの子を見つけたりなんかしたら――」

「ぎゃあああ……！」

肥桶置き場の方角から、つんざくような悲鳴が聞こえたのは、まさにその時だった。

芳と春鈴は咄嗟《とっさ》に顔を見合わせる。

「今のは……」

「曹氏？」

聞こえたのは、男の悲鳴だった。しかも途中からくぐもっている。

裾《すそ》をからげ、慌てて肥桶置き場までたどり着いた二人は、そこで想像を絶する光景を目の当たりにすることとなった。

「楼主様ぁ……す、すみませんー！」

なんとそこには、月光の下、両手で顔を覆ってすっかり縮こまった珠珠と、

「た、助けてくれ！　助け……！」

大きな肥桶に全身を沈め、汚物のしぶきを飛ばしながら、じたばたともがいている曹氏

とがいたのである。

「なんなの、これ!?」

「それが……」

　珠珠はばつが悪そうに、もがく曹氏を見やる。

「用を足したついでに一服しようとしていたみたいなんですけど、曹氏様ったら、煙管に、間違った葉を詰めてしまいまして……」

「はあ？」

「刻み煙草《たばこ》の代わりに、曼茶羅華《まんだらげ》の葉を詰めてしまったんです」

　曼茶羅華。

　その言葉にぴんと来た芳が「まさか」と呟《つぶや》くと、珠珠は肩身が狭そうに頷《うなず》いた。

「今日、突き飛ばされた時に、私が落としてしまった曼茶羅華です。効果が上がるように、特別に細かく刻んでもらってまして、それが煙草の葉とよく似ていて」

　曼茶羅華の葉は、燻《いぶ》せば眠りを誘う効果がある。

が、容量を誤れば幻覚まで導く毒物だ。

　酒に酔っていたのも悪かったのだろう。曹氏は煙管を一服した途端、

「おやあ？　湯桶がある」

と、傍《そば》にいる珠珠にも気付かぬ様子で、ふらふらと肥桶に近付いてきたのだ。

「止めようとは、思ったんですよ。漂ってる匂いは明らかに煙草じゃないし、それ、曼荼羅華ですよ。幻覚ですよーって忠告しようかなあとは。でも」

珠珠はふと思ったのだという。

先ほどは、相手の間違いを指摘したがために、ひどい目に遭ったではないかと。

「二度も同じ過ちを繰り返すのは、いやだなあと思いまして。声は掛けずに、そっと肩だけ叩《たた》こうとしたんですが」

そこで、突然曹氏が勢いよく振り返ったのだ。

驚いた珠珠は、咄嗟に距離を取ろうと腕を突っ張ってしまい、よろめいた彼は――。

「不幸な事故でした」

神妙な顔で告げる珠珠を前に、芳と春鈴はしばし黙り込んだ。

そして。

「……くっ」

「くっ、あははは っ」

作法も嗜《たしな》みも忘れ、大きな口を開けて笑い出した。

「なにそれェ！　あんたが曹氏を肥桶《こえおけ》に突っ込んだっていうこと⁉」

「やるじゃない、珠珠！　あなた、最高よ！」

二人とも、ばんばんと珠珠の肩まで叩いてみせる。特に芳の力は完全に男のそれで、強く叩かれた珠珠は「いだっ！」と濁った悲鳴を上げた。

だが、芳からすれば笑いが止まらない。

当然だ。こんな最高の仕返し、見たことがない。

(妓女《ぎじょ》が客を害すれば、妓楼《ぎろう》の責になる。でも珠珠は、厳密な意味での妓女ではない。しかも、曼荼羅華をねこばばしたのも、肥桶に向かったのも、曹氏自身！)

だいたい、全身が汚物にまみれただなんて、恥以外の何物でもない。

曹氏とて周囲に訴え出たり、これを理由に妓楼を責めることもできなかろう。

いや、そもそもこの状態で、無事に屋敷に帰れるものかどうか。

「あのう……やっぱりこれって、私、罰を受ける感じでしょうか」

珠珠が、今にも泣きそうな顔で尋ねてくる。

せっかく美女になったというのに、顔にでかでかと「やってしまった」と書かれているようで、芳はいよいよ、口の端が持ち上がるのを止められなかった。

「んなわけないでしょ。これは失敗じゃないわ、大成功よ」

楽しい。

この娘がいると、毎日が楽しくて仕方がない。

能天気で、泣き虫で、でも強く聡明《そうめい》な女。

すぐに空回りするのに、次には大成してみせる女。

「ねェ、珠珠。あんたってほんと、二度目でばっちり決める女よ」

肥桶でもがき続ける曹氏の悲鳴を聞きながら、月光を浴びた芳はにやりと笑った。

＊＊＊

その夜、朱櫻楼からは、澄み切った冬空に浮かぶ満月が見えた。

「楼主様、お客さま方が帰られるわ。ご挨拶《あいさつ》を」

窓際で煙管を吹かしていた芳は、呼びかけられて顔を上げる。

居室に踏み入ってきたのは、春鈴だった。身請けされるべき年齢はすでに超えていたが、今もなお、いいや、今こそ一層、熟成された女の色香を漂わせている。

「月を眺めていても、金子は入って来ないわよ。新生妓楼のうちは、やりくりが厳しいのだから、楼主様自らせっせと働いてくれなくては、わたくしたちが苦労するわ」

「よく言うわよ、そのためにあんたがいるんじゃない。春鈴補佐殿？」

朱櫻楼は二年前、客の起こした失火が元で焼け落ちた。

花街は、生き馬の目を抜くような競争社会だ。原形もとどめぬほどに焼けてしまった妓楼の再建に、手を差し伸べようとする商売仲間などいない。

だが、抜け目ない芳の金策と、なにより、かつて珠珠を引き取ったことによる、皇宮への「貸し」が、朱櫻楼を助けた。妓女の一部は入れ替わってしまったものの、今やこの妓楼は、すっかりかつての栄華を取り戻しつつある。

春鈴も、自らの身請けの機会をなげうってまで、再建に手を尽くした。

「あんたもご覧よ、あの満月。ふくふくしてて、なんだか愛嬌《あいきょう》があるじゃない？」

相変わらず窓の外を眺めたまま、芳は煙管を揺らす。

春鈴は腰に手を当てていたが、窓に近寄って月を仰ぎ、それから静かに口を開いた。

「……そんなに彼女を懐かしがるんなら、手放さなきゃよかったのだわ」

芳は、「彼女って誰よ」などとは聞き返さない。

朱櫻楼の人間がこうして思いを馳《は》せる相手など、ただ一人しかいないからだ。

珠珠。正式な名を宝《ほう》珠麗《じゅれい》。

火事をきっかけに朱櫻楼を去った、いや、去らせた少女。

「焼け出されて呆然《ぼうぜん》としていたわたくしたちの中で、彼女が真っ先に、『とにかく、明日の朝餉《あさげ》を確保しましょう』と、焼け野原に一歩踏み出してくれたのよ。あの娘がいれば、楼主様、あなたも含めた朱櫻楼の全員、どんなに心丈夫だったかしれない。妓女にすれば、あと一年は早く再建できたのに」

「だからよ」

言い募る春鈴を、芳は遮る。

ゆらゆらと煙管を揺らしていた指の動きが、止まった。

「あの子は、『花』なの。幹や柱じゃない。みんなして寄りかかれば、折れてしまうわ」

「そんなこと言って、荒くれ者の集う貧民窟に追《お》いやったところで、いったいなんの花実が咲くというの。慰み者にされるか、一生息をひそめて死んでいくかのどちらかよ」

「あそこの頭領はきっと、あの子を気に入るわ」

芳はきっぱりと告げて、再び煙管を咥《くわ》える。

煙を存分に味わってから、ゆっくりとそれを吐き出した。

「あたしにはわかるのよ。女の勘、ってやつ」

「女じゃないくせに」

春鈴が冷静な指摘を寄越《よこ》すと、芳は不快そうに鼻を鳴らす。

だがすぐに、「まあ結局」と、肩を竦めた。

「どこに落ち着くにせよ、一度はここを出ていく必要があったのよ。だってあの子、一度目ではうまくいかない天運の持ち主なのだから」

「なあに、それ?」

首を傾げる春鈴に、芳はふと口の端を引き上げ、再び満月を見上げる。

まるで、浮かぶ月に挑みかかるような、好戦的な笑みだった。

「それが後宮なのか、ここなのか、貧民窟かはわからないけど——。あの子は二度目にたどり着いた場所でこそ、花開くってことよ」

芳が吐き出した煙は、まるで月に焦がれるように、ゆらりゆらりと、夜空に向かって細く立ち昇っていった。

お便りはこちらまで

〒一〇二—八一七七
富士見L文庫編集部　気付
中村颯希（様）宛
新井テル子（様）宛

この作品はフィクションです。
実在の人物や団体などとは関係ありません。
本書はカクヨムに掲載された「後宮も二度目なら
～白豚妃再来伝～」に加筆修正した作品です。

富士見L文庫

白豚妃再来伝《しろぶたひさいらいでん》
後宮《こうきゅう》も二度目《にどめ》なら 一《いち》

中村颯希《なかむらさつき》

2021年8月15日　初版発行
2024年11月25日　11版発行

発行者　山下直久
発　行　株式会社 KADOKAWA
〒102-8177　東京都千代田区富士見2-13-3
電話　0570-002-301（ナビダイヤル）

印刷所　株式会社 KADOKAWA
製本所　株式会社 KADOKAWA
装丁者　西村弘美

定価はカバーに表示してあります。　◆◇◇

●お問い合わせ
https://www.kadokawa.co.jp/（「お問い合わせ」へお進みください）
※内容によっては、お答えできない場合があります。
※サポートは日本国内のみとさせていただきます。
※Japanese text only

ISBN 978-4-04-074121-5 C0193